輕鬆學文言

第二冊

哈哈星球 譯注
陳偉 繪

商務印書館

責任編輯　馮孟琦
裝幀設計　涂　慧　趙穎珊
排　　版　高向明
責任校對　趙會明
印　　務　龍寶祺

輕鬆學文言（第二冊）

譯　　注　哈哈星球
繪　　圖　陳　偉
出　　版　商務印書館（香港）有限公司
　　　　　香港筲箕灣耀興道 3 號東滙廣場 8 樓
　　　　　http://www.commercialpress.com.hk
發　　行　香港聯合書刊物流有限公司
　　　　　香港新界荃灣德士古道 220-248 號荃灣工業中心 16 樓
印　　刷　中華商務彩色印刷有限公司
　　　　　香港新界大埔汀麗路 36 號中華商務印刷大廈
版　　次　2023 年 6 月第 1 版第 1 次印刷

　　　　　ISBN 978 962 07 4663 5
　　　　　Printed in Hong Kong

原著為《有意思的古文課》
哈哈星球 / 譯注，陳偉 / 繪
本書由二十一世紀出版社集團有限公司授權出版

目 錄

1

曹劌論戰

左丘明

百家文字之宗，
萬世古文之祖

1

2

莊子與惠子遊於濠梁之上

選自《莊子・秋水》

你快樂嗎？

13

3

勸學

荀子

我們為甚麼要
終身學習

19

4

出師表

諸葛亮

你乖乖的，我
去給你打江山

31

5

蘭亭集序

王羲之

心存癖好，
不走尋常路

53

6

滕王閣序

王勃

初唐之首，不廢
江河萬古流

67

注：帶📖的文章為香港教育局中國語文課程的文言文建議篇章。

7
師説
韓愈
終於當上了大學教授的韓博士
89

8
阿房宮賦
杜牧
杜郎俊賞，難賦深情
107

9
岳陽樓記
范仲淹
寧鳴而死，不默而生
123

10
赤壁賦
蘇軾
人生如逆旅，我亦是行人
137

11
送東陽馬生序（節選）
宋濂
寒門逆襲，成功絕非偶然
153

12
湖心亭看雪
張岱
讀過張岱，靈魂才有趣
165

曹劌論戰

左丘明

姓名　左丘明

別稱　魯君子

出生地　魯國都君莊（今山東省肥城市）

生卒年　約公元前 502 年—約公元前 422 年

史學成就

著編年體史書《左傳》
著中國第一部國別體史書《國語》

文學造詣

語言生動簡潔　論述有力量

生命指數

81 歲

百家文字之宗，萬世古文之祖

他是姜子牙支孫，他的家族世代為史官，他一生著述輝煌，他的《左傳》是中國第一部敘事完整的歷史著作，他就是左丘明。

《左傳》全稱《春秋左氏傳》，是左丘明歷時三十載，恢宏灑脱十八萬餘字才撰成的上下縱貫二百餘年的璀璨史詩。其歷史、文學、科技、軍事價值為歷代史學家和文人所推崇。

即使晚年罹患眼疾，他也仍堅持書寫。他將半生所見所聞記述下來，匯集成《國語》。《國語》是我國現存最早的國別史，它與《左傳》一起，成為珠聯璧合的歷史文化巨著。

以史為鑑，借史喻今，被孔子、司馬遷尊為「君子」的左丘明，不愧為中國傳統史學的創始人，「百家文字之宗、萬世古文之祖」。

1 **十年**春，齊師**伐我**。公將（jiāng）戰，曹劌（guì）請見。其鄉人曰：「**肉食者**謀之，又何間（jiàn）焉？」劌曰：「肉食者**鄙**（bǐ），未能遠**謀**。」乃入見。

十年：魯莊公十年（公元前 684 年）。　**伐**：攻打。

我：指魯國。《左傳》根據魯史而寫，故稱魯國為「我」。

肉食者：指當權者。　**鄙**：鄙陋，目光短淺。　**謀**：謀議。

❶

魯莊公十年的春天，齊國軍隊攻打魯國。魯莊公將要迎戰，曹劌請求魯莊公允許自己去拜見。他的同鄉説：「打仗的事當權者自會謀劃，你又為甚麼參與呢？」曹劌説：「當權者目光短淺，不能深謀遠慮。」於是入朝去拜見魯莊公。

日益精進

曹劌

春秋時魯國大夫，著名的軍事理論家。他之所以取勝，不是靠猛打猛衝，而是因為謀略、智慧，這一點尤其讓人稱道。戰爭當中，一個優秀的謀略家，抵得上成千上萬的將士。他雖然沒有將士的勇猛，沒有將士的勇力，不能在戰場上衝鋒陷陣，卻能憑藉智慧，以柔克剛，以弱勝強，以小取大。

問：「何以戰？」公曰：「衣食所安，

fú

弗敢**專**也，必以分人  。」對曰：「小惠

fú

未遍，民弗從也。」公曰：「**犧牲**  **玉**

bó

帛，弗敢加也，必以信。」對曰：「小信未

fú

孚，神弗福  也。」公曰：「小大之**獄**

 ，雖不能察，必以**情**。」對曰：「**忠之**

屬也。可以一戰。戰則請從。」

專：獨佔，獨自專有。　**犧牲玉帛：**古代祭祀用的祭品。犧牲，祭祀用的純色牲畜。

孚：使人信服。　**獄：**訴訟的案件。　**情：**誠實，這裏指誠心。

忠之屬也：（這）是盡了職分的事情。忠，盡力做好分內的事。

(曹劌)問：「(君主)憑藉甚麼作戰？」魯莊公說：「衣食這一類安身立命的東西，我不敢獨享，一定把它們分給別人。」(曹劌)回答說：「這些小恩小惠，不能讓百姓受惠，他們是不會聽從您的。」魯莊公說：「祭祀神靈的純色牲畜、玉帛之類的用品，我從來不敢虛報數目，一定用誠實的態度(對待神)。」(曹劌)說：「這只是小誠小信，不能讓神靈信服，神是不會保佑你的。」魯莊公說：「大大小小的訟案，雖然不能件件都了解得很清楚，但我一定會處理得合情合理。」(曹劌)回答說：「這才是盡心竭力做好本分的事情，您可以憑藉這個條件打一仗。如果作戰，請允許我跟隨您一同去。」

日益精進

犧牲的古今異義

古時候用作名詞，指祭祀或祭拜的用品，包括純色全體牲畜；也指供盟誓、宴會享用的牲畜。現在將它作動詞，指為堅持信仰而死、為了正義的目的捨棄自己的生命或利益，如為國犧牲、犧牲自己的休息時間。

② 公與之**乘**（chéng），戰於**長勺**（cháng sháo）。公將鼓之。劌曰：「未可。」齊人三鼓。劌曰：「可矣。」齊師**敗績**。公將**馳**之。劌曰：「未可。」下視其**轍**（zhé），登**軾**而望之，曰：「可矣。」遂逐齊師。

公與之乘：魯莊公和他共坐一輛戰車。之，指曹劌。　**長勺：**魯國地名，今山東萊蕪東北。
敗績：軍隊潰敗。　**馳：**追逐。　**轍：**車輪碾出的痕跡。
軾：古代車廂前做扶手的橫木。這裏用作動詞，指憑軾。

2

魯莊公和他共坐一輛戰車，在長勺和齊軍作戰。魯莊公要下令擊鼓進軍，曹劌說：「現在不行。」等到齊軍三次擊鼓之後，曹劌說：「可以擊鼓進軍了。」齊軍潰敗。魯莊公又要下令駕車馬追逐齊軍，曹劌說：「還不行。」說完就下了戰車，查看齊軍車輪碾出的痕跡，又登上戰車，扶着車前橫木遠望齊軍的隊形，這才說：「可以追擊了。」於是追擊齊軍。

日益精進

戰前擊鼓

一種戰時的禮節。周朝建立禮樂制度以後，古人做事很多時候把禮儀放在第一位。因有「事不過三」之説，而後來戰爭中三通鼓也就成了定例。一般在三通鼓後若還未出兵基本上這場仗就不能再打了，因而士氣也就「竭」了。

❸ **既克**，公問其故。對曰：「**夫戰**，**勇氣也**。**一鼓作氣**，再而衰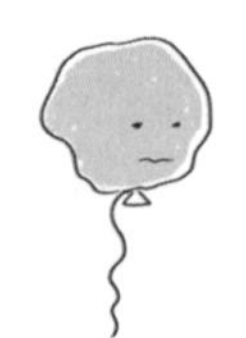，**三**而竭。彼竭我**盈**，故克之。夫大國，難測也，懼有伏焉。吾視其轍亂，望其旗**靡**(mǐ)，故逐之。」

既克：已經戰勝。既，已經。　**夫戰，勇氣也**：作戰，（是靠）勇氣。
一鼓作氣：第一次擊鼓能振作士氣。作，鼓起。　**三**：第三次。
盈：盛，指士氣旺盛。　**靡**：倒下。

3

　　戰勝齊軍後，魯莊公問他這樣做的原因。曹劌回答說：「作戰，是靠勇氣。第一次擊鼓，能夠振作士氣；第二次擊鼓，士兵們的氣勢就開始低落了；第三次擊鼓，士兵們的士氣就耗盡了。他們的士氣已經消失，而我軍的士氣正盛，所以才戰勝了他們。像齊國這樣的大國，他們的情況是難以推測的，我怕他們設下埋伏。我看到他們車輪碾過的痕跡散亂，望見他們的旗子倒下了，所以才決定追擊他們。」

日益精進

轍亂旗靡

　　漢語成語，意思是車轍錯亂，旗子倒下。形容軍隊潰敗逃竄。出自《左傳・莊公十年》。

普通話朗讀

莊子與惠子
遊於濠梁之上

選自《莊子・秋水》

姓名　莊周

別稱　莊子

出生地　宋國蒙（今河南省商丘市）

生卒年　約公元前 369 年—公元前 286 年

政務能力 👍👍

主張無為而治

文學造詣 👍👍👍👍👍

《莊子》被道教奉為道家經典之一　先秦散文最高成就

思想造詣 👍👍👍👍👍

道家學派代表人物　與老子並稱「老莊」

生命指數 👍👍👍👍👍

84 歲

惠子看重魏相之位，以此推斷莊子也很想要這個官位。莊子被誤會，想告訴對方不能以己度人，「魚之樂」就此引發了一場流傳千古的爭辯。

兩人一生亦敵亦友，雖觀點不同而常常針鋒相對，但又棋逢對手，惺惺相惜。

惠子好辯，重分析，「子非魚，安知魚之樂？」

莊子智辯，重欣賞，「子非我，安知我不知魚之樂？」

濠梁之上，求真與尚美、探索尋根和共感超然，激盪了世人數千年的思索……

莊子與惠子遊於**濠梁**之上。莊子

tiáo

曰：「**鯈魚**出游從容，是魚之樂也。」

惠子曰：「子非魚，**安**知魚之樂？」莊子曰：

「子非我，安知我不知魚之樂？」惠子曰：

「我非子，**固**不知子矣；子**固**非魚也，子之

不知魚之樂，全矣！」莊子曰：「請**循其本**。

子曰『汝安知魚樂』云者，既已知吾知之而

問我，我知之濠上也。」

濠梁：濠水上的橋。濠，水名，在今安徽鳳陽境內。梁，橋。

鯈魚：一種銀白色的淡水魚。　**安：**疑問代詞，怎麼。

固：第一個是「必，一定」的意思，第二個是「本來」的意思。

循其本：從最初的話題說起。循，追溯。其，代指話題。本，本原。

莊子和惠子一起在濠水的橋上遊玩。莊子說：「鰷魚在河水中游得多麼悠閒自得，這就是魚的快樂。」惠子說：「你不是魚，怎麼知道魚的快樂？」莊子說：「你不是我，怎麼知道我不知道魚快樂？」惠子說：「我不是你，一定就不知道你；你本來不是魚，你不知道魚的快樂，這是完全確定的。」莊子說：「讓我們回到話題的本原，你說『你哪裏知道魚是快樂的呢』這句話時，就是已經知道我知道這件事而來問我的。而我則是在濠水的橋上知道魚的快樂的。」

日益精進

惠子

惠氏，名施，戰國中期宋國（今河南省商丘一帶）人。他是著名的政治家，合縱抗秦最主要的組織者；他是戰國時期重要的哲學家，名家學派主要代表人物。惠子是莊子的老鄉、好友，他們都好辯論，辯才犀利無比，「濠梁之辯」便是在他們散步時發生的。

普通話朗讀

勸學

荀子

姓名	荀子
別稱	名況，字卿，尊稱荀卿，又稱孫卿
出生地	戰國趙國（今址有爭議）
生卒年	公元前 313 年—前 238 年

戰國

政務能力

曾三次出任齊國稷下學宮的祭酒
後為楚蘭陵（位於今山東蘭陵縣）令

思想造詣

戰國時代儒學宗師　素有「諸子大成」的美稱
提出「性惡論」重視教化

文學造詣

「辭賦之祖」《荀子》開創以賦為名的文學體裁

生命指數

76 歲

我們為甚麼要終身學習

學習是不能停止的。也許荀子是最早提出「終身學習」概念的人。

荀子認為一個人必須重視後天的學習，只有不斷矯正自己，才能成為真正的君子。《勸學》中的學習，不僅指知識本身，更指習慣與修養。荀子讓我們知道，聰明不能替代勤奮，天才也要苦讀，拼盡全力。天才不等於優秀的基因，而等於利用好時間，天才是把眼前的每一題做到極致、每一篇作文寫到最好。

學習中最大的障礙，就是對現狀的自滿。荀子教我們要避免做固定型的人，要做以努力為豪、永遠尋求挑戰機會的成長型的人。

荀子期待，每一個讀過《勸學》的孩子都能終身學習，一旦點燃了內驅力，你將成為更好的自己。

3　吾嘗終日而思矣，不如須臾(yú)之所學也；吾嘗**跂**(qǐ)而望矣，不如登高之博見也。登高而招，臂非加長也，而見者遠；順風而呼，聲非加**疾**也，而聞者彰。**假輿**(jiǎ yú)馬者，非利足也，而致千里；假(jiǎ)舟楫(jí)者，非能**水**也，而**絕**江河。君子**生**(xìng)非異也，善假於物也

跂：提起腳後跟。　**疾：**猛烈，這裏指聲音宏大。　**假：**藉助，利用。輿：車。
水：動詞，游泳。　**絕：**橫渡。　**生：**通「性」，天賦、資質。

3

我曾經整天思索，卻不如片刻學到的知識多；我曾經踮起腳遠望，卻不如登到高處看得廣闊。登到高處招手，胳膊並沒有比原來更長，卻能讓更遠的人看到；順着風呼叫，聲音沒有比原來更洪大，卻能讓聽者聽得更清楚。藉助車馬的人，並不是腳走得快，卻可以到達千里之外；藉助舟船的人，並不善於游泳，卻可以橫渡江河。君子的本性跟（一般人）沒有差別，只是善於藉助外物罷了。

日益精進

《荀子》

戰國時期荀子和弟子們整理或記錄他人言行的哲學著作。全書一共 32 篇，其觀點與荀子的一貫主張是一致的。荀子的文章擅長説理，組織嚴密，分析透闢，善於取譬，常用排比句增強議論的氣勢，語言富贍警煉，有很強的説服力和感染力。

4 積土成山，風雨興焉；積水成淵，**蛟**龍生焉；積善成德，而神明自得，聖心備焉。故不積**跬**(kuǐ)**步**，無以至千里；不積小流，無以成江海。騏(qí)驥(jì)一躍，不能十步；**駑**(nú)**馬十駕**，功在不捨。

蛟：一種似龍的生物。

跬步：古代稱跨出一腳為「跬」，跨兩腳為「步」。

駑馬十駕：劣馬拉車連走十天，（也能到達）。駑馬，劣馬。駕，馬拉車一天所走的路程叫「一駕」。

4

堆積土石成了高山，風雨就從這裏產生；匯積水流成為深淵，蛟龍就從這裏產生；積累善行養成高尚的品德，自然會心智澄明，也就具有了聖人的精神境界。所以不積累一腳兩腳的行程，就沒有辦法達到千里之遠；不積累細小的流水，就沒有辦法匯成江河大海。駿馬一跨躍，也達不到十步；劣馬拉車走十天，也能到，成效就在於不停地走。

日益精進

《勸學》裏的論證方法

大量運用比喻論證進行論述，這是《勸學》的一個十分突出的特點。作品集中運用並列的比喻，從同一角度反覆地説明問題，這種手法在修辭上叫做「博喻」，荀子作品中的博喻都是用來説明事理的。本文還大量運用對比論證，將兩種相反的情況形成鮮明對照，增強文字的説服力。

鍥(qiè)而捨之，朽木不折(zhé)；鍥而不捨，金石可**鏤**(lòu)。蚓無爪(zhǎo)牙之利，筋骨之強，上食埃土，下飲黃泉，用心一也。蟹六**跪**而二**螯**(áo)，非蛇鱔(shàn)之穴無可寄託者，用心躁也。

鍥：刻。 **鏤**：雕刻。 **跪**：蟹腿。 **螯**：蟹鉗。

如果雕刻幾下就停下來了，那麼即使腐爛的木頭也刻不斷；如果不停地刻下去，那麼即使金石也能雕刻成功。蚯蚓沒有銳利的爪子和牙齒、強健的筋骨，卻能向上吃到泥土，向下喝到泉水，這是由於牠用心專一啊。螃蟹有六條腿，兩個鉗夾，但是如果沒有蛇、鱔的洞穴牠就無處存身，這是因為牠用心浮躁啊。

日益精進

鍥而不捨，金石可鏤

意指只要堅持不停地用刀刻，就算是金屬、玉石也可以雕出花飾。引申為：只要堅持不懈地努力，即使再難的事情也可以做到。同義詞有持之以恆、堅持不懈、皇天不負有心人、繩鋸木斷等。

普通話朗讀

出師表

諸葛亮

姓名	諸葛亮
別稱	字孔明，號臥龍
出生地	徐州琅邪陽都（今山東省沂南縣）
生卒年	公元 181—234 年

三國

軍政能力

隆中對策　赤壁鬥智　定鼎荊益　先主託孤　北伐中原

文學造詣

《出師表》千古流傳　《誡子書》立志典範

才藝指數

書法家　《遠涉帖》被王羲之臨摹

發明家　發明孔明鎖、孔明燈、木牛流馬、諸葛連弩

生命指數

54 歲

你乖乖的，我去給你打江山

蜀漢建興五年（公元 227 年），諸葛亮喜得一子。他給兒子起名諸葛瞻。

這年，他四十七歲。

青年出山，一路殫精竭慮，不知不覺到了這把年紀。

在那樣的年代，這樣的年歲已經算是高齡，但諸葛亮不敢有絲毫的懈怠，因為蜀漢的前途命運沉甸甸地壓在他的肩膀上。他甚至都顧不上自己的親生兒子，他還有一個「大兒子」需要操心扶持。沒錯，就是先帝劉備託付給他的後主劉禪，小名阿斗。

阿斗繼位那年十六七歲，除了皇帝必須出席的場合外，一切軍國大事都委託諸葛亮操持。他對相父保持着絕對的信任，也對自己的生活保持着絕對的歡樂自在。

他的歡樂自在，建立在相父對他的無微不至的呵護上。諸葛亮化身雨傘、手杖和廣廈，保護他、扶持他、安頓他。

如今，為了他，諸葛亮又要張羅北伐。

此時，曹丕剛死，曹魏新帝曹睿即位，司馬懿仍舊是託孤重臣。兩個命定的對手，經過犬牙交錯的各自遭際，如今，要各率大軍，一決雌雄。

臨行前，面對懵懵懂懂的故人之子，想起遺恨歸天的先帝，諸葛亮將滿心的不捨凝聚成一篇照耀千古的文章。

區區數百字，寫不盡的牽腸掛肚，教劉禪廣開言路，賞罰分明，親賢臣，遠小人。

「臣受命之日，寢不安席，食不甘味」這十三個字，是諸葛亮這麼多年來的生活狀態。沒有誰是真的神人，只有肯動腦筋，會動腦筋，算無遺策的聰明人。可是頭腦整日高速運轉，能睡得着、吃得香才怪。

當初日上三竿尚且高卧不起的卧龍，如今日日忙於施雲佈雨，煎熬寸心。

他說：「先帝知臣謹慎。」「謹慎」是他的最大特點。一次次的出兵打仗，打仗前，自家兵員多少，糧草如何，誰適合做前鋒，誰適合做策應，你去哪裏埋伏，他去哪裏佈疑陣……種種參慮周詳，爛熟於心。

治政時，哪個領域宜寬，哪個領域宜嚴，哪個人應該重用，哪個人又應該調整，哪裏應該採取甚麼樣的政策……都需要他去操心。他甚至謹慎到了親自去做查閱花名冊之類的小事。

因為謹慎，所以出征前，他一切都要給阿斗安排好。他讓阿斗要把宮裏和朝中一碗水端平，甚至給他提供好幾個值得重用的人，包括郭攸之、費禕、董允等人，還有將軍向寵。説到底，千叮嚀萬囑咐的，就是想讓阿斗親賢臣、遠小人。

越寫越想起自己當初躬耕南陽，想起劉備對自己的厚待與厚望，想起這些年的東征西討、臨危受命，不知不覺，二十一年過去了啊。

這麼久了，身上的擔子還不敢卸、不能卸，因為使命還沒有完成。如今要遠行，面對奏表禁不住熱淚縱橫，他要離這個「大兒子」遠遠的了，希望他在家裏好好的，乖乖的，坐穩自己給他打下來的江山。

❶ 先帝創業未半而中道**崩殂**(cú)，今天下三分，益州**疲弊**(bì)，此誠危急存亡之**秋**

也。然侍衛之臣不懈於內，忠志之士忘身於外者，**蓋**

追先帝之殊遇，欲報之於陛下也。誠宜開張聖聽，以光先帝遺德，恢弘志士之氣，不宜妄自菲(fěi)薄，引喻失義，以塞(sè)忠諫(jiàn)之路也。

崩殂：死。崩，秦代以後專指皇帝的死。殂，死亡。　**疲弊：**指人力、物力等不足。
秋：時候。　**蓋：**表原因，連接上文。

❶ 先帝創立（統一天下的）事業未完成一半就中途去世了。現在天下分為三國，我們蜀漢國力薄弱，處境艱難，這實在是國家危急存亡的時刻啊。然而朝廷的官員在宮廷內毫不鬆懈，軍中將士和地方官在外面奮不顧身，都是因為追念先帝對他們的特殊厚待，想要報答在陛下您身上。陛下確實應該廣泛聽取別人的意見，來發揚光大先帝遺留下來的美德，振奮有遠大志向的人的志氣，不應過分看輕自己，說話不恰當，以致堵塞了忠言進諫的道路。

日益精進

表：古代臣子向君主陳述請求、表白心志的一種文體。

2 宮中府中，俱為一體，**陟**(zhì)  罰  **臧否**(zāng pǐ)，不宜異同。若有**作姦犯科**及為忠善者，宜付有司論其刑賞，以**昭**(zhāo)陛下平明之理，不宜偏私，使內外異法也。

陟：晉升，提拔。

臧否：讚揚和批評。臧，善，這裏用作動詞，指表揚。否，惡，這裏用作動詞，指批評。

作姦犯科：做姦邪事情，犯科條法令。　**昭：**顯明。使動用法，使……顯明。

❷

宮中和相府中本都是一個整體，賞罰褒貶，不應該有所不同。如果有為非作歹犯科條法令和忠心做善事的人，都應該交給主管官吏評定對他們的懲罰與獎賞，來彰顯陛下公正嚴明的治理，而不應當有偏袒和私心，使宮內和相府中獎罰標準有所不同。

日益精進

《出師表》

出自《三國志・諸葛亮傳》。《出師表》又稱《前出師表》，寫於北上伐魏之時；另有《後出師表》，寫於率軍出散關前。

3 侍中、侍郎郭攸(yōu)之、費禕(yī)、董允等，此皆良實，**志慮忠純**，是以先帝簡拔以**遺**(wèi)陛下。愚以為宮中之事，事無大小，**悉以諮之**，然後施行，必能**裨**(bì)**補闕**(quē)**漏**，有所廣益。

志慮忠純：志向和思慮忠誠純正。　**遺：**給予。　**悉以諮之：**都拿來問問他們。
裨補闕漏：彌補缺失疏漏。

3

侍中郭攸之、費禕和侍郎董允等人，這些都是善良誠實的人，他們的志向和思慮忠誠純正，所以先帝把他們選拔出來交給陛下。我認為宮中之事，無論大小，都拿來問問他們，然後再去施行，一定能夠彌補缺失和疏漏，可以獲得更多的啟發和幫助。

日益精進

武侯祠

這是紀念諸葛亮的祠堂。因諸葛亮生前被封為「武鄉侯」，死後又被後主劉禪追謚為「忠武侯」，因此尊稱其祠廟為「武侯祠」。目前最有影響力的武侯祠在成都，它是中國唯一一座君臣合祀的祠廟，劉備的惠陵和漢昭烈廟與其合併在一處。

4 將軍向寵，**性行淑均**，**曉暢**軍事，試用於昔日，先帝稱之曰「能」，是以眾議舉寵為**督**。愚以為營中之事，悉以諮之，必能使**行**(háng)**陣**和睦，優劣得所。

性行淑均：性情品德善良公正。 **曉暢**：諳熟，精通。 **督**：武職，向寵曾為中部督。
行陣：指部隊。

4

將軍向寵，性格和品行善良公正，通曉軍事，過去起用他的時候，先帝稱讚説他「有才幹」，因此大家評議舉薦他做中部督。我認為軍隊中的事情，都拿來跟他商討，就一定能使軍隊團結一心，不同才能的人各得其所。

日益精進

羽扇

用鳥類羽毛做成的扇子，它是扇子家族中最早出現的，已有兩千多年歷史。在漢末到魏晉南北朝這一歷史階段，羽扇成為士大夫、文人墨客鍾愛的藝術品。諸葛亮可以説是白羽扇的形象代言人了，但他的白羽扇最重要的作用可不是來擺酷的，而是用來指揮三軍的。

5 親賢臣，遠小人，此先漢所以興隆也；親小人，遠賢臣，此後漢所以**傾頹**(tuí)也。先帝在時，每與臣論此事，未嘗不歎息痛恨於桓(huán)、靈也。侍中、尚書、長史、參軍，此悉貞良**死節**之臣，願陛下親之信之，則漢室之隆，可計日而待也。

傾頹：衰敗。　**死節：**為國而死的氣節，能夠以死報國。死，為……而死。

5

親近賢臣，疏遠小人，這是西漢之所以興盛的原因；親近小人，疏遠賢臣，這是東漢之所以衰敗的原因。先帝在世的時候，每逢跟我談論這些事情，沒有一次不對桓、靈二帝的做法感到痛心遺憾的。侍中、尚書、長史、參軍，這些人都是忠貞賢良、能夠以死報國的臣子，希望陛下親近他們，信任他們，那麼漢朝的復興就指日可待了。

日益精進

後漢人名，無兩字者

東漢人取名都用單字，且看三國裏的人名，呂布、趙雲、周瑜、魯肅……複姓也如此，諸葛亮、夏侯淵、司馬懿……單字人名時尚都是因為一個人 —— 王莽。他當了皇帝後推行新政，主張復古。古人講究避諱，為了方便老百姓避諱，東漢皇帝都用單字名，這樣百姓避一個字就行了。單字名也就逐漸成為當時風尚。

6 臣本布衣，**躬(gōng)耕**於南陽，苟(gǒu)全性命於亂世，不求聞達於諸侯。先帝不以臣**卑鄙(bēi bǐ)**，**猥(wěi)**自枉屈，三顧臣於草廬之中，諮臣以當世之事，由是感激，遂許先帝以**驅馳**。後值傾覆(fù)，受任於敗軍之際，奉命於危難之間，**爾來**二十**有(yòu)**一年矣。

躬耕：親自耕種。躬，親自；耕，耕種。

卑鄙：身份低微，見識短淺。卑，身份低下；鄙，見識短淺，與今義不同。

猥：辱，這裏指降低身份。　**驅馳：**奔走效勞。　**爾來：**自那時以來。

有：通假字，用於整數和整數之間，表示整數之外再加零數。

6

我本來是平民百姓，在南陽務農種地，只想在亂世中苟且保全性命，不奢求在諸侯之中揚名顯身。先帝不認為我身份卑微、見識短淺，承蒙他親自屈駕前往，三次來到草廬裏拜訪我，徵詢我對時局大事的意見，由此使我感動奮發，答應為先帝奔走效勞。後來遇到軍事失利，我在兵敗時接受任務，在危難關頭奉行使命，從那時到現在已經有二十一年了。

日益精進

隆中對

劉備三顧茅廬，到了第三次終於在諸葛亮隱居的隆中與他見上了面。在劉備的再三懇求下，諸葛亮決定出山，擔任劉備勢力的軍師。諸葛亮指出，北方的曹操勢力正值巔峯，江東的孫權勢力也很難對付，所以劉備還有機會爭取的就只剩下荊州、益州和漢中。如果計劃能順利實施，便可爭取跟曹操和孫權三分天下，這個戰略，就是歷史上著名的「隆中對」。

⑦ 先帝知臣謹慎(jǐn shèn)，故臨崩(bēng)寄臣以大事也。受命以來，**夙**(sù)**夜**憂歎，恐託付不效，以傷先帝之明，故五月渡瀘，深入不毛。今南方已定，兵甲已足，當獎率三軍，北定中原，**庶**(shù)竭**駑**(nú)**鈍**，攘(rǎng)除姦凶，興復漢室，還於舊都。此臣所以報先帝而忠陛下之職分也。至於斟酌(zhēnzhuó)損益，進盡忠言，則攸之、禕、允之任也。

夙夜：早晚。　**庶：**表示期望。

駑鈍：比喻才能平庸，這是諸葛亮自謙的話。駑，劣馬，走不快的馬，指才能低劣；鈍，刀刃不鋒利，指頭腦不靈活，做事遲鈍。

7

先帝知道我做事嚴謹慎重，所以臨終時把國家大事託付給我。接受遺命以來，我早晚憂愁歎息，唯恐先帝託付給我的事不能完成，以致損傷先帝的知人之明。所以我五月渡過瀘水，深入到人煙稀少的荒涼之地。現在南方已經平定，兵員裝備已經充足，應當激勵、率領全軍將士向北方進軍，平定中原，希望用盡我平庸的才能，鏟除姦邪兇惡的敵人，恢復漢朝的基業，回到舊日的國都。這就是我用來報答先帝，並且盡忠陛下的職責本分。至於處理事務，斟酌情理，權衡政治上的利弊，毫無保留地進獻忠誠的建議，那就是郭攸之、費禕、董允等人的責任了。

日益精進

阿斗

劉禪的小名為阿斗。據傳劉禪之母甘夫人因夜夢仰吞北斗而懷孕，所以劉禪的小名叫做「阿斗」。後人常用「阿斗」或「扶不起的阿斗」一詞形容庸碌無能的人。

8　　願陛下託臣以討賊興復之效；**不效**，則治臣之罪，以告先帝之靈。若無興德之言，則責攸之、禕、允等之**慢**，以彰其咎。陛下亦宜自謀，以諮**諏**(zōu)善道，察納雅言，深追先帝遺詔。臣不勝受恩感激。今當遠離，臨表**涕**零，不知所言

。

不效：沒有取得成效。　**慢**：怠慢，疏忽，指不盡職。　**諏**：詢問。　**涕**：眼淚。

8

希望陛下能夠把討伐曹魏、興復漢室的任務託付給我，如果沒有成功，就治我的罪，從而用來告慰先帝的在天之靈。如果沒有發揚聖德的建議，就責罰郭攸之、費禕、董允等人的怠慢，來顯露他們的過失。陛下也應自行謀劃，徵求、詢問治國的好道理，採納正確的言論，深切追念先帝臨終留下的教誨。（這樣）臣就承受不了所受的聖恩而感激不盡了。今天我將要告別陛下遠行了，面對這份奏表禁不住熱淚縱橫，不知道說了些甚麼話。

日益精進

功蓋三分國，名成八陣圖。江流石不轉，遺恨失吞吳。

—— 唐・杜甫《八陣圖》

普通話朗讀

蘭亭集序

王羲之

姓名　王羲之

別稱　字逸少，又稱王右軍、王會稽

出生地　琅邪臨沂（今山東省臨沂市）

生卒年　公元 303—361 年

文學大咖

歷任祕書郎　寧遠將軍　江州刺史　後為會稽內史　領右將軍

故事大王

有「書聖」之稱，其書法兼善隸、草、楷、行各體，擺脱了漢魏筆風，自成一家，影響深遠
代表作《蘭亭集序》被譽為「天下第一行書」
在書法史上，他與其子王獻之合稱為「二王」

生命指數

59 歲

心存癖好，不走尋常路

公元 353 年，王羲之和一羣雅士來到山陰，喝酒賦詩，42 人寫下 37 首，他作序：「仰觀宇宙之大，俯察品類之盛，所以遊目騁懷，足以極視聽之娛，信可樂也。」那天，是他在家國沉淪的時刻難得的消遣。

《蘭亭集序》是王羲之對生命真諦的喟歎：人充滿元氣地、豐沛地活着，要找到陪伴一生的癖好，無論何時，你都可以向世界表達你的存在。

王羲之的癖好，是文，更是字。他的字有多好？時人讚曰：翩若驚鴻，宛若蛟龍。他早年飄逸，後博覽篆、隸、碑等古跡，剛柔並濟，文武相融，找到了楷書與草書的平衡，形成獨創的行書。

王羲之一生都不走尋常路，他把書法當成摯友，你中有我、我中有你，最終成就「人書合一」的至高境界。

1 永和九年，歲在癸(guǐ)丑，暮春之初，會於**會稽(kuài jī)山陰**之蘭亭，修**禊(xì)**事也。羣賢畢至，少長(zhǎng)咸集。此地有崇山峻嶺，茂林修竹，又有清流激湍(tuān)，映帶左右，引以為**流觴(shāng)曲(qū)水**，列坐其次。雖無絲竹管弦之盛，一觴一詠，亦足以暢敍幽情。

會稽：郡名，在今浙江北部和江蘇東南部一帶。　**山陰：**今紹興越城區。　**禊：**一種祭禮。
流觴曲水：將酒杯放入彎曲的水道中任其飄流，酒杯停在誰面前，誰就引杯飲酒。這是古人一種勸酒取樂的方式。

1

永和九年，時值癸丑之年，陰曆三月初，我們會集在會稽郡山陰城的蘭亭，為了做消災求福的事。眾多賢士能人都匯聚到這裏，年長、年少者都聚集在這裏。蘭亭這個地方有高峻的山峯，茂盛高密的樹林和竹叢；又有清澈激盪的水流，在亭子的左右輝映環繞，我們把它引來作為漂傳酒杯的環形渠水，按位次坐在曲水旁邊，雖然沒有管弦齊奏的盛況，但喝着酒作着詩，也足以暢快表達深遠的情懷。

日益精進

禊

古代習俗，於陰曆三月上旬的巳日（魏以後定為三月三日），人們羣聚於水濱嬉戲洗濯，以祓除不祥和求福。實際上這是古人的一種遊春活動。

2

是日也，天朗氣清，**惠風和暢**，仰觀宇宙之大，俯察品類之盛，**所以**遊目**騁**懷，足以**極**視聽之娛，**信**可樂也。

惠風和暢：和風溫和舒暢。

所以：「所」字結構，大致和現代漢語的「憑……來」相當。以，介詞。憑藉。

騁：盡情施展，放任無約束。

極：達到極點。這裏用作使動，指使……達到極點，等於說盡情享受。　**信：**實在。

2

這一天，天氣晴朗空氣清新，和風溫和舒暢，抬頭縱觀廣闊的天空，俯身觀察大地上繁多的萬物，藉以舒展眼力，開闊胸懷，足以盡情享受視聽的歡娛，實在令人快樂。

日益精進

「天下第一行書」

指《蘭亭集序》。全文 28 行、324 字，通篇遒媚飄逸，字字精妙，點畫猶如舞蹈，有如神人相助而成，被歷代書界奉為極品。宋代書法大家米芾稱其為「中國行書第一帖」。後世但凡學習行書之人，都會傾心於《蘭亭集序》不能自拔，讚歎於王羲之出神入化的書法技藝與如水般流暢的文采。

3

夫人之**相與**，**俯仰**一世。或**取諸**懷抱，**悟言**一室之內；或因寄所託，放浪形骸(hái)之外。雖**趣(qū)捨萬殊**，靜躁不同，當其欣於所遇，暫得於己，快然自足，不知老之將至；及其**所之既倦**，情隨事遷，**感慨係之**矣。

相與：相處、相交往。　**俯仰：**表示時間的短暫。　**取諸：**取之於，從……中取得。
悟言：面對面地交談。悟，通「晤」，面對面。
趣捨萬殊：（每個人）走或不走的道路不相同，比喻每個人的志趣各不相同。趣，趨向，朝某一個方向奔去。萬殊，千差萬別。　**所之既倦：**（對於）所喜愛或得到的事物已經厭倦。
感慨係之：感慨隨着產生。係，接續。

❸

人與人相互交往，很快便度過一生。有人喜歡展現自己的抱負，跟朋友在一室之內見面交談；有人喜歡藉助外物寄託自己賴以生活的情趣，在形體之外不受拘束，放縱地生活。雖然（人）各有各的愛好，安靜與躁動各不相同，但當他們對所接觸的事物感到高興時，一時感到自得，（感到）高興和滿足，竟然不知道衰老將要到來。等到對於自己所喜愛的事物感到厭倦，心情隨着當前的境況而變化，感慨隨之產生了。

日益精進

「不知老之將至」

這句話出《論語・述而》：「其為人也，發憤忘食，樂以忘憂，不知老之將至云爾。」另一版本有「曾」在句前。

向之所欣，俯仰之間，已為陳跡 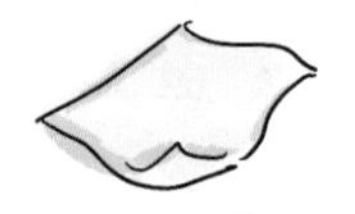 ，猶不能不以之興懷，況**修短隨化**，終**期**於盡！古人云：「**死生亦大矣。**」豈不痛哉！

向：過去，以前。　**修短隨化：**壽命長短聽憑造化。化，指自然。　**期：**必，必定。
死生亦大矣：死生是一件大事啊。語出《莊子．德充符》。

過去所喜歡的東西，轉瞬間，已經成為舊跡，尚且不能不因為它引發心中的感觸，何況壽命長短，聽憑造化，最後必死呢！古人說：「死生畢竟是件大事啊。」怎麼能不讓人悲痛呢！

日益精進

行書

是書法的一種，在楷書的基礎上發展起源，是介於楷書、草書之間的一種字體，為了彌補楷書的書寫速度太慢和草書的難於辨認而產生。「行」是「行走」的意思，因此它不像草書那樣潦草，也不像楷書那樣端正。行書實用性和藝術性皆高。

4

每覽昔人興感之由，若合一**契**

，未嘗不**臨文嗟悼**(jiē dào)，不能喻之於懷。**固知一死生為虛誕，齊彭殤為妄作**假。後之視今，亦猶今之視昔，悲夫！故列敍時人，錄其所述，雖世殊事異，所以興懷，其致一也。後之覽者，亦將有感於斯文。

契：符契，古代的一種信物。在符契上刻上字，剖而為二，各執一半，作為憑證。

臨文嗟悼：讀古人文章時歎息哀傷。臨，面對。悼，悲傷。

固知一死生為虛誕，齊彭殤為妄作：本來知道把死和生等同起來的說法是不真實的，把長壽和短命等同起來的說法是妄造的。一生死，齊彭殤，都是莊子的看法，出自《齊物論》。一，把……看作一樣。齊，把……看作相等。都用作動詞。

4

每當我看到前人興懷感慨的原因，與我所感歎的好像符契一樣相合，沒有不面對着他們的文章而嗟歎感傷的，在心裏又不能清楚地說明。本來知道把生死等同的說法是不真實的，把長壽和短命等同起來的說法是妄造的。後人看待今人，也就像今人看待前人。可悲呀！所以一個一個記下當時與會的人，錄下他們所作的詩篇。縱使時代變了，事情不同了，人們因此而產生的思緒，他們的思想情趣是一樣的。後世的讀者，也將對這次集會的詩文有所感慨。

日益精進

蘭亭

蘭亭位於紹興市西南部，離市區約 13 公里。這個古樸典雅的園子雖然不大，卻為中外遊人所矚目。據歷史記載，公元 353 年（東晉永和九年）三月三日，時任會稽內史的王羲之邀友人謝安、孫綽等名流及親朋共 40 餘人在此舉辦修禊集會，王羲之「微醉之中，振筆直遂」，寫下了著名的《蘭亭集序》。

普通話朗讀

滕王閣序

王勃

姓名　王勃

別稱　字子安

出生地　絳州龍門縣（今山西省河津市）

生卒年　公元 649—676 年

政務能力

授朝散郎　沛王（李賢）府修撰　後授虢州參軍　因私殺官奴二次被貶

文學造詣

儒客大家　文中子王通之孫　與楊炯、盧照鄰、駱賓王共稱「初唐四傑」　標誌着初唐賦體的繁榮

學術造詣

思想人格交融儒、釋、道多種文化因子　主張「立言見志」「文章經國之大業」

生命指數

28 歲

初唐之首，不廢江河萬古流

公元649年的初唐，一位「神童」呱呱落地，六歲作詩，九歲批注《漢書》，不到二十歲便受封「朝散郎」，成為年齡最小的朝廷命官，寫下「海內存知己，天涯若比鄰」的詩句，創作《滕王閣序》，也為世間留下了一個千古遺憾，他就是「初唐四傑」之首 —— 王勃。

《滕王閣序》是王勃臨場之作，他即興發揮，文不加點，一揮而就，全文韻律鏗鏘、瑰麗壯闊、典故豐厚，達到千古名篇的水準。

他的一生很短，年少以才高名天下，卻又在志得意滿之時急轉直下。作為一個生命，王勃只是一現的曇花；但作為一位詩人，他如月光般散發永恆的皎潔。初唐的詩壇，因他的名字而堅挺勃發，並由此誕生了更多朝氣蓬勃的新生命。

1 豫章故郡，洪都新府。星分**翼軫**(zhěn)，地接衡廬。襟三江而帶五湖，控蠻荊而引**甌**(ōu)**越**。**物華天寶**，**龍光**射**牛斗**之墟；人傑地靈，徐孺(rú)下陳蕃之榻。雄州霧列，俊采星馳。台隍(huáng)**枕**夷夏之交，賓主盡東南之美。

翼、軫、牛、斗：星宿名。

甌越：泛指古代的東甌、閩越、南越等地，相當於現在的浙江南部，福建、廣東、廣西等地。

物華天寶：物的精華就是天的珍寶。　**龍光：**指寶劍的光輝。　**枕：**倚，據。

❶

這裏是漢代的豫章郡城，如今是洪州的都督府，天上的方位屬於翼、軫兩星宿的分野，地上的位置接近衡山和廬山。以三江為衣襟，以五湖為衣帶，控制着楚地，連接着甌越。這裏物產的華美，有如天降之寶，其光彩上衝牛斗之宿。這裏人中有英杰，土地有靈秀之氣，陳蕃專為徐孺設下几榻。洪州境內的建築如雲霧排列，有才能的人士如流星一般奔馳驅走。城池臨近中原與南夷的交界之處，賓客與主人囊括了東南地區最優秀的人物。

日益精進

滕王閣

江南三大名樓之一，位於江西省南昌市西北部，始建於唐永徽四年（公元 653 年），因唐太宗李世民之弟 —— 滕王李元嬰始建而得名，又因初唐詩人王勃詩句「落霞與孤鶩齊飛，秋水共長天一色」而流芳後世。滕王閣與湖北武漢的黃鶴樓、湖南岳陽的岳陽樓並稱為「江南三大名樓」。歷史上的滕王閣先後共重建達 29 次之多，屢毀屢建。

qǐ jǐ
都督閻公之**雅望**，**棨戟**遙臨；宇文新州之

yì　　　　　　chān
懿範

，襜帷暫駐。十旬休假，勝

友如雲；千里逢迎，高朋滿座。騰蛟起鳳

，孟學士之詞宗；紫電清霜，王將軍

之武庫。家君作宰，路出名區；童子何知，

jiàn
躬逢勝餞。

雅望：崇高聲望。 **棨戟：**外有赤黑色繒作套的木戟，古代大官出行時用作前導的一種儀仗。
懿範：美好的風範。

都督閻公，享有崇高的名望，遠道來到洪州做官，宇文州牧，是美德的楷模，赴任途中在此暫留。正逢十日休假的日子，傑出的友人雲集，高貴的賓客，也都不遠千里來到這裏聚會。文壇上眾望所歸的孟學士，文章的辭采有如蛟龍騰空，鳳凰飛起；王將軍的武庫裏，刀光劍影，如紫電，如清霜。由於父親在交趾做縣令，我便在探親途中經過這個著名的地方。我年幼無知，竟有幸親身參加了這次盛大的宴會。

日益精進

交趾

又名「交址」，中國古代地名。公元前 111 年，漢武帝滅南越國，並在今越南北部地方設立交趾、九真、日南三郡，實施直接的行政管理；交趾郡治交趾縣即位於今越南河內。後來漢武帝在全國設立十三刺史部時，將包括交趾在內的七個郡分為交趾刺史部，後世稱為「交州」。

❷ 時**維**九月，序屬三秋。**潦水**(lǎo)盡而寒潭清，煙光凝而暮山紫。儼**驂騑**(yǎncān)於上路，訪風景於**崇阿**(chóng ē)；臨帝子之長洲，得天人之舊館。層巒聳翠，上出重霄；飛閣流丹，下臨無地。鶴汀鳧渚(fú zhǔ)，窮島嶼之**縈迴**；桂殿蘭宮，即岡巒之體勢。

維：句中語氣詞。 **潦水：**蓄積的雨水。 **驂騑：**駕車兩旁的馬。 **崇阿：**高大的山陵。 **縈迴：**曲折。

2

正當深秋九月之時，雨後的積水消盡，寒涼的潭水清澈，天空凝結着淡淡的雲煙，暮靄中山巒呈現一片紫色。在高高的山路上駕着馬車，在崇山峻嶺中訪求風景。來到昔日帝子的長洲，找到仙人居住過的宮殿。重重疊疊的山峯聳起一片蒼翠，向上超出雲霄。凌空的閣道，朱紅的漆彩鮮豔欲滴，從閣上看不到地面。仙鶴野鴨棲止的平地小洲，極盡島嶼的紆曲迴環之勢；華麗威嚴的宮殿，依憑起伏的山巒而建。

日益精進

三秋

古人稱七、八、九月為孟秋、仲秋、季秋，三秋即季秋，九月。

❸ 披**繡闥(tà)**，俯**雕甍(méng)**，山原曠其盈視，川澤**紆(yū)**其**駭矚(lǘ yán)**。閭閻撲地，鐘鳴鼎食之家；舸(gě)艦彌津，青雀黃龍之舳。雲銷雨霽，彩徹區明。落霞與**孤鶩(wù)**齊飛，秋水共長天一色。漁舟唱晚，響窮**彭(péng)蠡(lǐ)**之濱；雁陣驚寒，聲斷衡陽之浦。

繡闥：繪飾華美的門。　**雕甍：**雕飾華美的屋脊。　**紆：**迂迴曲折。

駭矚：對所見的景物感到驚異。　**孤鶩：**孤單的野鴨。　**彭蠡：**古代大澤，即現在的鄱陽湖。

③

推開雕花精美的閣門，俯視彩飾的屋脊，山嶺和平原使人們的整個視野變得很開闊，河流和湖澤使那些凝望的人驚訝它們的曲折非常。遍地是小巷屋宅，許多鐘鳴鼎食的富貴人家；舸艦塞滿了渡口，盡是雕上了青雀黃龍花紋的大船。雲消雨停，陽光普照，天空晴朗；落日映射下的彩霞與孤獨的野鴨一齊飛翔，秋天的江水與遼闊的天空連成一片，渾然一色。傍晚時分，漁夫在漁船上歌唱，那歌聲響徹彭蠡湖濱；深秋時節，雁羣在一片寒意之中，發出驚叫，哀鳴一直綿延到衡陽的水濱。

日益精進

鄱陽湖

古稱彭蠡、彭蠡澤、彭澤，位於江西省北部，地處九江、南昌、上饒三市，是中國第一大淡水湖，也是中國第二大湖，僅次於青海湖。鄱陽湖在調節長江水位、涵養水源、改善當地氣候和維護周圍地區生態平衡等方面都起着巨大的作用。

4 遙襟**甫**暢，逸興**遄**(chuán)飛。爽籟發而清風生，纖歌凝而白雲**遏**(è)。睢(suī)園綠竹，氣凌彭澤之樽；鄴(yè)水朱華，光照臨川之筆。四美具，二難並。窮**睇眄**(dì miǎn)於中天，極娛遊於暇日。天高地**迥**(jiǒng)，覺宇宙之無窮；興盡悲來，識盈虛之有數。

甫：剛，頓時。　**遄：**迅速。　**遏：**阻止，這裏指被高入雲霄的歌聲阻止住。
睇眄：看。　**迥：**遙遠。

4

放眼遠望，胸襟剛感到舒暢，超逸的興致立即興起。排簫的音響引來的徐徐清風，柔美輕細的歌聲慢慢拉長而流動的白雲被高入雲霄的歌聲阻止住。像睢園竹林的聚會，這裏善飲的人酒量超過彭澤縣令陶淵明；像鄴水讚詠蓮花，這裏詩人的文采勝過臨川內史謝靈運。（音樂與飲食，文章和言語）這四種美好的事物都已經齊備，（良辰美景、賞心樂事）這兩個難得的條件合併了，向天空中極目遠眺，在閒暇日子裏盡情歡娛。蒼天高遠，大地寥廓，令人感到天地的無邊無際。歡樂逝去，悲哀襲來，意識到萬事萬物的消長興衰是有定數的。

日益精進

謝靈運

（385 年— 433 年），原名公義，字靈運，生於會稽郡始寧縣（今浙江上虞），南北朝時期詩人、佛學家、旅行家。謝靈運少即好學，博覽羣書，工詩善文。其詩與顏延之齊名，並稱「顏謝」，是第一位全力創作山水詩的詩人。他還兼通史學，擅書法，曾翻譯外來佛經，並奉詔撰《晉書》。明人輯有《謝康樂集》。

望長安於日下，目吳會於雲間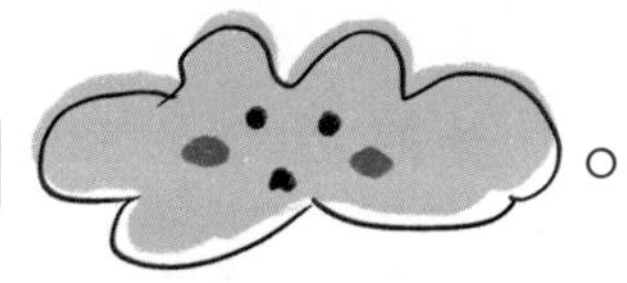。

地勢極而南溟(míng)深，天柱高而北辰遠。關山難越，誰悲失路之人？**萍水相逢**，盡是他鄉之客。懷**帝閽**(hūn)而不見，奉宣室以何年？

5 嗟乎！**時運不齊**(jì)，命途多舛(chuǎn)。馮唐易老，李廣難封。屈賈誼於長沙，非無聖主；竄梁鴻於海曲，豈乏明時？

萍水相逢：浮萍隨水漂泊，聚散不定。比喻向來不認識的人偶然相遇。

帝閽：原指天帝的守門人。此處借指皇帝的宮門奉宣室，代指入朝做官。

時運不齊：命運不好。不齊，有蹉跎，有坎坷。

遠望長安沉落到夕陽之下，遙看吳郡隱現在雲霧之間。地理形勢極為偏遠，南方大海特別幽深，崑崙山上天柱高聳，緲緲夜空北極遠懸。關山重重難以越過，有誰同情我這不得志的人？偶然相逢，滿座都是他鄉的客人。懷念着君王的宮門，但卻不被召見，我甚麼時候才能像賈誼那樣，到宣室侍奉君王呢？

5

唉！各人的時機不同，人生的命運多有不順。馮唐易衰老，李廣立功無數卻難得封侯。讓賈誼這樣有才華的人屈居於長沙，並不是當時沒有明君，讓梁鴻逃匿到齊魯海濱，不恰恰是在政治昌明的時代嗎？

日益精進

賈誼

西漢初年著名政論家、文學家，世稱賈生。賈誼少有才名，文帝時任博士，遷太中大夫，受排擠，謫為長沙王太傅，故後世亦稱賈長沙、賈太傅。三年後被召回長安，為梁懷王太傅。梁懷王墜馬而死，賈誼深自歉疚，抑鬱而亡，時僅 33 歲。司馬遷對屈原、賈誼都寄予同情，為二人寫了一篇合傳《屈原賈生列傳》。

所賴君子見機，達人知命。老當益壯，寧移白首之心？窮且益堅，不**墜**青雲之志。酌貪泉而覺爽，處涸轍以猶歡。北海雖賒，扶搖可接；**東隅已逝，桑榆非晚**。孟嘗高潔，空餘報國之情；阮籍猖狂，豈效窮途之哭？

墜：失。

東隅已逝，桑榆非晚：早年的時光雖已消逝，如果珍惜時光，發憤圖強，晚年並不晚。東隅，日出處，表早晨，引申為「早年」。桑榆，日落處，表傍晚，引申為「晚年」。

只不過是君子能從事物的預兆中看出事物的動向，通達之人看透了自己命運罷了。年歲雖老而心猶壯，怎能在白頭時改變雄心壯志？境遇雖困窘而意志更加剛強，在任何情況下也不放棄自己的凌雲之志。即使喝了貪泉的水，心境依然清爽廉潔；即使身處於乾涸的車轍中，胸懷依然開朗愉快。北海雖然遙遠，乘着旋風仍然可以到達；晨光雖逝，珍惜黃昏卻為時不晚。孟嘗君心性高潔，但卻空有一腔愛國熱忱；阮籍為人放縱不羈，我們怎能學他那種走到窮途哭泣的情狀呢！

日益精進

阮籍

三國時期魏國詩人，與嵇康、山濤、劉伶、王戎、向秀、阮咸諸人，共為「竹林之遊」，史稱「竹林七賢」。

6

勃，**三尺微命**，一介書生。無路請纓，等終軍之**弱冠**；有懷投筆，慕宗慤（què）之長風。捨**簪笏**（zān hù）於**百齡**，奉晨昏於萬里。非謝家之寶樹，接孟氏之芳鄰。他日**趨庭**，叨（tāo）陪鯉對；今兹**捧袂**（mèi），喜託龍門。楊意不逢，撫凌雲而自惜；鍾期既遇，奏流水以何慚？

三尺微命：指地位低下。　**弱冠：**二十至二十九歲之間的男子。

簪笏：冠簪、手版。官吏用物，這裏代指官職。　**百齡：**百年，猶「一生」。

趨庭：快步走過庭院，這裏是表示對長輩的恭敬。

捧袂：舉起雙袖作揖。指謁見閻公。袂，衣袖。

6

我地位卑微，只是一介書生。雖然和終軍（西漢著名政治家、外交家）年齡相等，卻沒有報國的機會；像班超那樣有投筆從戎的豪情，也有宗慤乘風破浪的壯志。如今我拋棄了一生的功名，不遠萬里去朝夕侍奉父親。雖然不是謝玄那樣的人才，但也和許多賢德之士相交往。過些日子，我將到父親身邊，像孔鯉那樣接受父親的教誨；而今天我能謁見閻公受到接待，高興得如同登上龍門一樣。假如碰不上楊得意那樣引薦的人，就只有撫摸着自己的文章而自我歎惜。既然已經遇到了鍾子期，就彈奏一曲《流水》又有甚麼羞愧呢？

日益精進

高山流水

此典故最早見於《列子・湯問》，比喻知己或知音，也比喻樂曲高妙。傳説先秦的琴師伯牙一次在荒山野地彈琴，樵夫鍾子期竟能領會這是描繪「峨峨兮若泰山」和「洋洋兮若江河」。伯牙驚道：「善哉，子之心而與吾心同。」鍾子期死後，伯牙痛失知音，摔琴絕弦，終生不彈。該典故有樂曲高妙、相知可貴、知音難覓、痛失知音、閒適情趣等典義。

7 嗚乎！勝地不常，盛筵難再，蘭亭已矣，梓澤丘墟。臨別贈言，幸承恩於偉餞（jiàn）；登高作賦，是所望於羣公。**敢竭鄙懷，恭疏短引**；一言均賦，四韻俱成。**請灑潘江，各傾陸海云爾**

。

敢竭鄙懷，恭疏短引：只是冒昧地盡我微薄的心意，恭敬地陳述出這篇短短的序。

請灑潘江，各傾陸海云爾：請各位賓客竭盡文才，寫出好作品。潘岳、陸機是晉朝人，鍾嶸的《詩品》中道「陸（機）才如海，潘（岳）才如江」。

7

唉！名勝之地不能常存，盛大的宴會難有第二次。蘭亭集會的盛況已成陳跡，石崇的梓澤也變成了廢墟。承蒙閻都督恩賜，讓我臨別時作了這一篇序文，至於登高作賦，這只有指望在座諸公了。我只是冒昧地盡我微薄的心意，恭敬地陳述出這篇短序。（請）每個人都按自己分得的韻字賦詩，我自己的這首已經寫成了。請各位像潘岳、陸機那樣，展現如江海般浩瀚的文才吧。

日益精進

陸機

字士衡，吳郡吳縣（今江蘇蘇州）人。西晉著名文學家、書法家。陸機「少有奇才，文章冠世」，詩重藻繪排偶，駢文亦佳。與弟陸雲俱為西晉著名文學家，被譽為「太康之英」。與潘岳同為西晉詩壇的代表，形成「太康詩風」，世有「潘江陸海」之稱。

滕王閣序

普通話朗讀

師説

韓愈

姓名　韓愈

別稱　字退之，自稱郡望昌黎，世稱韓昌黎、昌黎先生

出生地　河南河陽（今河南省孟州市）

生卒年　公元 768—824 年

文學造詣

「唐宋八大家」之首　「百代文宗」
著有《韓昌黎集》　詩歌亦有特色

思想貢獻

倡導「古文運動」　復興儒學

教學能力

國子監任博士　親授學業　桃李滿天下

生命指數

57 歲

終於當上了大學教授的韓博士

韓愈三十五歲這一年，輾轉經人介紹，終於在國子監裏獲得了一個四門博士的位置。所謂博士，並不是一個學位，而是一種官職，職責是講學。四門博士負責招收五品以下、七品以上官員子弟，也招收一部分平民子弟。也可以這樣說，韓愈成了唐朝國立大學裏的一位教授。

雖然後來韓愈的官職有不少變更，但他自己最欣然接受的卻是教書匠這個身份。四門博士的品級低，俸祿少得可憐，根本不夠他養活一大家子人，但韓愈安貧樂道，提攜後生，很快桃李滿天下。可當時的唐代，士大夫之族不僅恥於為師，而且攻擊勇於為師的人，韓愈就是在這樣的境遇下，寫下了千古流傳的名篇《師說》，吹響了尊師重道的號角。

❶ 古之學者必有師。師者，**所以**傳道**受業**解惑也。人非生而知之者，孰能無惑？惑而不從師，其為惑也，終不解矣

。生乎吾前，其聞道也固先乎吾，吾**從而師之**；生乎吾後，其聞道也亦先乎吾，吾從而師之。吾師道也，夫**庸**(fú)知其年之先後生於吾乎？是故無貴無賤，無長無少，道之所存，師之所存也。

所以：……的憑藉，用來……的。　**受：**通「授」，傳授。

業：泛指古經、史、諸子之學及古文寫作。

從而師之：跟從（他），拜他為老師。師，意動用法，以……為師。

庸：語氣詞，指「難道」。

❶

古代學習的人必定有老師。老師，是用來傳授道理、講授學業、解除疑惑的人。人不是一生下來就懂得道理的，誰能沒有疑惑？有了疑惑，卻不跟老師學習，他們所產生的疑惑，就始終無法解除了。出生在我之前的人，他懂得的道理本來就比我早，我跟從他，拜他為老師；出生在我之後的人，如果他懂得道理也比我早，我也跟從他，拜他為師。我是向他學習道理的，難道（用）知道他的年齡比我大還是比我小嗎？因此，無論高低貴賤，無論年長年幼，道理存在的地方，就是老師所在的地方。

日益精進

「人非生而知之者」出處

《論語・季氏》：「生而知之者，上也；學而知之者，次也；困而學之，又其次之；困而不學，民斯為下矣。」

2 jiē
嗟乎！師道之不傳也久矣！欲人之無惑也難矣！古之聖人，其**出人**也遠矣，**猶且**從師而問焉；今之**眾人**，其**下聖人**也亦遠矣，而**恥學於師**。是故聖益聖，愚(yú)益愚。聖人之所以為聖，愚人之所以為愚，其皆出於此乎？

出人：超出於眾人之上。　**猶且**：尚且。　**眾人**：普通人，一般人。
下聖人：即下於聖人，指低於聖人。
恥學於師：以向老師學習為恥。恥，以……為恥。

2

　　唉！古代從師學習的風尚不流傳已經很久了，想要人沒有疑惑很難啊！古代的聖人，他們超出一般人很遠，尚且要跟從老師請教；現在的一般人，他們才智遠不及聖人，卻以向老師學習為恥。因此，聖人更加聖明，愚人更加愚昧。聖人之所以成為聖人，愚人之所以成為愚人，大概都是這個原因吧！

日益精進

「師道之不傳」

　　古代從師的傳統不流傳已經很久了。唐代雖然推行科舉制度，但實際上高門望族不必刻苦學習便可以通過進士考試，有的甚至不必通過進士考試便可世襲官職，正因為能以如此輕鬆的方式走上仕途，他們便不可能積極地去獎掖後進，更不可能推崇前輩了。

愛其子，擇師而教之；**於其身**也，則恥師焉，**惑矣**。彼童子之師，授之書而習其

jù dòu

句讀者，非吾所謂傳其道解其惑者也。句讀

fǒu

之不知，惑之不解，**或師焉，或不焉**，小學

yí

而大遺，吾未見其明也。

於其身：對於他自己。身，自身、自己。　**惑矣：**（真是）糊塗啊！

句讀：也叫句逗，古人指文辭休止和停頓處。

或師焉，或不焉：有的（指「句讀之不知」這樣的小事）從師，有的（指「惑之不解」這樣的大事）不從師。不，通「否」。

(有的人) 愛自己的孩子，挑選老師來教他，對於他自己卻以跟從老師學習為恥辱，真是糊塗啊！那些教孩童的啟蒙老師，教孩子們讀書，學習書中的文句停頓，並不是我所說的那些傳授道理、解除求學者疑惑的人。不知句子停頓，知道去問老師，有疑惑不能解除，卻不願請教老師；學習了小的方面，大的求教之道卻丟棄了。我沒覺得他有多麼明智。

日益精進

句讀

也叫句逗，古人指文辭休止和停頓處。文辭意盡處為句，語意未盡而須停頓處為讀（逗）。古代書籍上沒有標點，老師教學童讀書時要進行句讀（逗）的教學。

巫醫樂(yuè)師  **百工**之人，不恥**相(xiāng)師**

。士大夫之族，曰師曰弟子云者，則羣聚而笑之  。問之，則曰：「彼與彼年相若也，道相似也，**位卑則足羞**  **，官盛則近諛(yú)**  。」

巫醫：古時巫、醫不分，巫的職業以祝禱、占卜為主，也用藥物等為人治病。

百工：各種工匠。　**相師：**拜別人為師。

位卑則足羞，官盛則近諛：以地位低的人為師就感到羞恥，以高官為師就近乎諂媚。足，可，夠得上。盛，高大。諛，諂媚。

巫醫、樂師、各種工匠這些人，不以向別人拜師為恥辱。士大夫這一類人，聽到稱「老師」稱「弟子」的人，就聚在一起嘲笑他們。問他們原因，就説：「他和他年齡差不多，懂得的道理也差不多。把地位低的人當作老師，就足以感到恥辱；把官職高的人當作老師，就近於諂媚了。」

日益精進

《師說》的創作背景

韓愈是在三十五歲時寫下《師說》的，當時他剛進入國子監，為四門博士，但他此時早已成名，並一直在推行「古文運動」。《師說》雖是寫給李蟠的，但其實是在抨擊當時「士大夫之族」恥於從師的風氣，也是在駁斥誹謗「古文運動」的人。

嗚呼！師道之不復可知矣。巫醫樂師百工之人，君子**不齒**，今其智乃反不能及，其可怪也歟！

不齒：不屑與之同列，即看不起。或作「鄙之」。

唉！由此就知道，求師的風尚難以恢復！巫醫、樂師、各種工匠，君子不（願意與他們）同列，可是現在他們的智慧卻反而比不上這些人了，這真是奇怪啊！

日益精進

韓愈與教育

韓愈做過兩次國子監博士，一次四門博士，一次國子監祭酒，被他指導教授的學生，皆稱「韓門弟子」。其中有《早春呈水部張十八員外》中的張籍、《答胡生書》中的胡直鈞、《答李翊書》中的李翊、為之作《師說》的李蟠，還有大詩人李賀、賈島、李紳等。

3 **聖人無常師**。孔子師**郯(tán)子、萇(cháng)弘、師襄、老聃(dān)**。郯子之徒，其賢不及孔子。孔子曰：**三人行，則必有我師**。是故弟子不必不如師，師不必賢於弟子，聞道有先後，**術業有專攻**，如是而已。

聖人無常師：聖人沒有固定的老師。常，固定的。

郯子、萇弘、師襄、老聃：郯子，春秋時郯國的國君。萇弘，周敬王時的大夫。師襄，春秋時魯國的樂官。老聃，老子。孔子都曾向他們求教。

三人行，則必有我師：三人同行，其中必定有我的老師。《論語・述而》原話：「子曰：『三人行，必有我師焉。擇其善者而從之，其不善者而改之。』」

術業有專攻：在學問上各有自己的專門研究。攻，學習、研究。

3

聖人沒有固定的老師。孔子曾以郯子、萇弘、師襄、老聃為師。郯子這些人，他們的賢能都比不上孔子。孔子說：「三個人一起走，其中一定有可以當我的老師的人。」因此學生不一定不如老師，老師不一定就勝過學生，聽到的道理有早有晚，學問上各自有（自己的）專門致力研究的，如此罷了。

日益精進

老子

姓李名耳，字聃，春秋時期人，中國古代思想家、哲學家、文學家和史學家，道家學派創始人和主要代表人物，與莊子並稱「老莊」。老子的思想核心是樸素的辯證法。在政治上，老子主張無為而治、不言之教。在權術上，老子講究物極必反之理。在修身方面，老子是道家性命雙修的始祖，講究虛心實腹、不與人爭的修持。

4 李氏子蟠(pán)，年十七，好(hào)  古文，六藝經傳(zhuàn)皆**通**習之，**不拘於時**，學於余。余**嘉**  其能行古道，作《師說》以貽(yí)之  。

通：普遍。　**不拘於時：**指不受當時以求師為恥的不良風氣的束縛。時，時俗，指當時士大夫中恥於從師的不良風氣。於，被。　**嘉：**讚許，嘉獎。

4

李家的孩子蟠，年齡十七，喜歡古文，六經的經文和傳文都普遍地學習了，不被時俗所拘束，向我學習。我讚許他能夠遵行古人從師的途徑，寫這篇《師說》來贈送給他。

日益精進

六藝

指六經，即《詩》《書》《禮》《樂》《易》《春秋》六部儒家經典。

普通話朗讀

阿房宮賦

杜牧

姓名　杜牧

別稱　字牧之，號樊川居士，世稱杜樊川

出生地　京兆萬年（今陝西省西安市）

生卒年　公元 803—852 年

政務能力

任監察御史　膳部員外郎　後遷中書舍人

才藝指數

以七言絕句著稱　人稱「小杜」
與李商隱並稱「小李杜」　著有《樊川文集》

生命指數

50 歲

杜郎俊賞，難賦深情

公元 803 年，這世界又多了一位大師，他就是唐代詩歌史上的代表人物 —— 杜牧。十六歲自注《孫子兵法》十三篇，二十歲熟讀史書千百卷，二十三歲寫出《阿房宮賦》，此後的歲月，他與杜甫合稱「大小杜」，與李商隱並稱「小李杜」。

他的杏花村，是詩人天涯孤旅中的一處歇腳地；他的銅雀台，打撈起沉埋江底六百多年的風雲；他的秦淮一夜，看岸上燈火輝煌，內心悵惘；他的紅塵一騎，重重懸念，層層伏筆，一笑點染，留千古慨歎。

然而，杜牧終究沒能實現人生理想，中年沉溺酒色，落拓半生。49 歲，他一病不起，僅留畢生所著十之二三，其餘付之一炬。他的一生正如他自己所書：「曉迎秋露一枝新，不佔園中最上春。桃李無言又何在，向風偏笑豔陽人！」

❶ 六王畢，四海一，蜀山**兀**，阿房出。覆壓三百餘里，隔離天日。驪山北構而西折，直走咸陽。二川**溶溶** ，流入宮牆。五步一樓，十步一閣；廊腰**縵**(màn)**迴**，檐牙高啄；各抱地勢，**鈎心鬥角**。盤盤焉，**囷囷**(qūnqūn)焉，蜂房 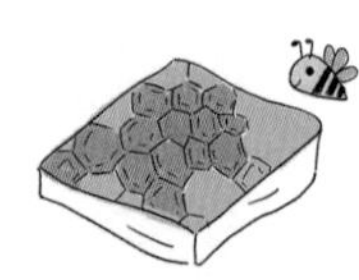 水渦，矗(chù)不知其幾千萬落。

兀：光禿，這裏形容山上樹木已被砍伐淨盡。　**溶溶**：水流盛大的樣子。

縵迴：舒緩地迂曲。縵，縈繞，這裏作「迴」的狀語。

鈎心鬥角：指宮室結構的參差錯落，精巧工致。　**囷囷**：曲折迴旋的樣子。

❶

六國滅亡，四海統一；蜀地的山變得光禿禿了，阿房宮建造出來了。它從渭南到咸陽覆蓋了三百多里地，宮殿高聳，遮天蔽日。它從驪山北邊建起，折而向西，一直通到咸陽。渭水、樊川浩浩蕩蕩，流進了宮牆。五步一座樓，十步一個閣，走廊長而曲折，突起的屋檐像鳥嘴向上撅起。（樓閣）各自依着地形，四方向核心攢聚，又互相爭雄鬥勢。樓閣盤結交錯，曲折迴旋，如密集的蜂房，如旋轉的水渦，高高地聳立着，不知道它有幾千萬個院落。

日益精進

鈎心鬥角

原指宮室建築結構的交錯，設計巧妙，錯落參差。後用來比喻各用心機，互相排擠，明爭暗鬥。這個詞屬於古今異義。現也作勾心鬥角。

長橋卧波，未雲何龍？複道行空，不 jì **霽**何虹？高低冥迷，不知西東。歌台暖響，春光**融融**；**舞殿冷袖****，風雨淒淒**。一日之內，一宮之間，而氣候不齊。

霽：雨後天晴。　**冥迷：**幽深迷離，模糊不清。　**融融：**和煦，暖和的樣子。
舞殿冷袖，風雨淒淒：人們在殿中舞蹈，舞袖飄拂，好像帶來寒氣，如同風雨交加那樣淒冷。

長橋橫卧水波上，天空沒有起雲，何處飛來了蒼龍？複道飛跨天空中，不是雨後剛晴，怎麼出現了彩虹？房屋忽高忽低，幽深迷離，使人不能分辨東西。台上由於（人們）歌唱呼出的氣而暖起來，就像春光那樣和煦；大殿由於（舞者）舞袖引起的風而冷起來，有如風雨交加般寒涼。一天之中，一宮之內，氣候卻不盡相同。

日益精進

長橋卧波，未雲何龍

意為長橋卧在水上，沒有雲怎麼（出現了）龍？《易經》有「雲從龍」的話，所以人們認為有在天翱翔的飛龍的話，就應該有雲。該句化用典故，用故作疑問的語氣，形容長橋似龍。

fēi pín yìng qiáng

② **妃嬪媵嬙**，王子皇孫，辭樓下殿，

niǎn xián

輦來於秦。朝歌夜弦，為秦宮人。明星熒

熒，開妝鏡也；綠雲擾擾，梳曉鬟也；

zhǎng

渭流**漲膩**，棄脂水也；煙斜霧

lù lù

橫，焚椒蘭也。雷霆乍驚，宮車過也；轆轆

yǎo

遠聽，**杳**不知其所之也。一肌一容，盡態

極妍，**縵立**遠視，而望幸焉。有不見者，

三十六年。

妃嬪媵嬙：統指六國王侯的宮妃。

輦來於秦：用車運載着來到秦國。輦，用車運，運載。

漲膩：漲起了（一層）脂膏。　**杳：**深遠，形容聲音的遙遠。

縵立：久立。縵，通「漫」，長久。

2

六國的妃嬪侍妾、王子皇孫，離開自己的宮殿，用車運載着來到秦國，他們早上歌唱，晚上奏樂，成為秦國的宮人。繁星輝映晶瑩閃爍，那是宮妃們打開了梳妝的鏡子；烏青雲朵紛紛擾擾，這是宮妃們在梳理晨妝的髮髻；渭水漲起一層脂膏，這是宮妃們倒掉的胭脂的水；煙靄斜斜上升，雲霧橫繞空際，那是宮女們燃起了椒蘭在薰香。雷霆突然震響，這是宮車駛過去了；轆轆車聲遠遠逝去，無影無蹤，不知道它去到哪裏。她們每一片肌膚，每一種容顏，都美麗嬌媚得無以復加。宮妃們久久地站立，遠遠地凝望，盼望被始皇所寵愛。有的宮女竟整整三十六年沒能見到皇帝。

日益精進

三十六年

指秦始皇在位共三十六年。按秦始皇二十六年（前 221 年）統一中國，到三十七年（前 209 年）死，做了十二年皇帝。這裏説三十六年，是舉其在位年數，形容時間長。

燕趙之收藏，韓魏之經營，齊楚之精英，幾世幾年，**剽**(piāo)掠其人，**倚疊**如山，一旦不能有，輸來其間。鼎**鐺**(dǐng chēng)玉石，金塊珠礫(lì)，棄擲**邐迤**(lǐ yǐ)，秦人視之，亦不甚惜。

剽：搶劫，掠奪。　**倚疊：**指堆積。　**鐺：**平底的淺鍋。

邐迤：連續不斷。這裏有「連接着」「到處都是」的意思。

燕趙、韓魏收藏的金玉珍寶，齊國楚國挑選的精粹珍品，是諸侯世世代代從他們的子民那裏掠奪來的，堆疊得像山一樣。一旦國破家亡，這些再也不能（被諸侯）佔有了，都運送到阿房宮裏來。寶鼎被當作鐵鍋，美玉被當作頑石，黃金被當作土塊，珍珠被當作沙礫，丟棄得到處都是，秦人看見這些被扔的東西，並不十分愛惜。

日益精進

鐺

讀 dāng 時，可作為名詞使用，意為金屬製作的物品，如鋃鐺（鎖繫囚人的鐵索），「足履革屣，耳懸金鐺」（女子的耳飾）；也可作為象聲詞使用，指撞擊鐘發出的聲音。

讀 chēng 時，指烙餅或做菜用的平底淺鍋，如餅鐺；也可指溫器，如酒鐺、茶鐺。

3 嗟乎！一人之心，千萬人之心也。秦愛紛奢，人亦念其家。奈何取之盡**錙銖**（zī zhū），用之如泥沙？使負棟之柱，多於南畝之農夫；架梁之椽，多於機上之工女  ；釘頭**磷磷**，多於在**庾**（yǔ）之粟粒；瓦縫參差，多於周身之帛縷；直欄橫檻（héng jiàn），多於九土之城郭；管弦嘔啞（ōu yā），多於市人之言語。使天下之人，不敢言而敢怒。**獨夫**之心，日益驕固。**戍**（shù）**卒叫**，函谷舉，楚人一炬，可憐焦土！

錙銖：古代重量單位，錙、銖連用，比喻極微小的東西。

磷磷：水中石頭突出的樣子。這裏形容突出的釘頭。

庾：露天的穀倉，這裏泛指穀倉。

獨夫：失去人心而極端孤立的統治者，這裏指秦始皇。

戍卒叫：指陳勝、吳廣起義。

3

嗟，一個人的意願，也就是千萬人的意願啊。秦皇喜歡繁華奢侈，人民也只顧念他們自己的家。為甚麼掠取珍寶時連一錙一銖都搜刮乾淨，耗費起珍寶來竟像對待泥沙一樣？致使承擔棟樑的柱子，比田地裏的農夫還多；架在樑上的椽子，比織機上的女工還多；（宮門上）的釘頭光彩耀目，比糧倉裏的粟粒還多；瓦楞長短不一，比全身的絲縷還多；縱橫交錯的欄杆，比九州的城牆還多；管弦的聲音嘈雜，比市民的言語還多。這樣就使天下的人民，口裏不敢說，心裏卻積滿了憤怒。可是失盡人心的秦始皇的心，一天天更加驕傲頑固。結果戍邊的陳涉、吳廣率眾作亂，函谷關被（劉邦）攻下，楚兵（點起）一把大火，可惜了那座阿房宮，化為一片焦土！

日益精進

吳廣

吳廣，字叔，陳郡陽夏縣（今河南太康縣）人。秦朝末年農民起義領袖。與陳勝起義後，自領都尉。公元前 208 年，為部將田臧所害。

4 嗚呼！滅六國者六國也，非秦也；族秦者秦也，非天下也。嗟乎！**使**六國各愛其人，則足以拒秦；使秦復愛六國之人，則**遞**三世可至萬世而為君，誰得而**族滅**也？秦人**不暇**自哀，而後人哀之；後人哀之而不鑑之，亦使後人而復哀後人也。

使：假使。　**遞：**傳遞，這裏指王位順着次序傳下去。　**族滅：**將其家族滅亡。
不暇：來不及。

4

唉！使六國滅亡的是六國自己，不是秦國啊。使秦王室滅族的是秦王朝自己，不是天下的人啊。可歎！假使六國各自愛護它們的人民，就完全可以依靠人民來抵抗秦國。假使秦王朝能愛護六國的人民，那麼皇位就可以傳到三世，甚至可以傳到萬世做皇帝，誰能夠將其家族滅亡呢？秦人來不及哀悼自己，後人替他們哀傷；如果後人哀悼他們，卻不把他們作為鑑誡而吸取教訓，也只會使後代的後代再來哀悼啊。

日益精進

戰國七雄

戰國七雄之中，秦國與其他六國以崤山為界，除了秦國在崤山以西之外，其餘的六國均在崤山以東。因此這六國又稱「山東六國」。六國指的是戰國時期除秦國以外的齊國、楚國、燕國、韓國、趙國、魏國。六國與秦國並稱為戰國七雄。

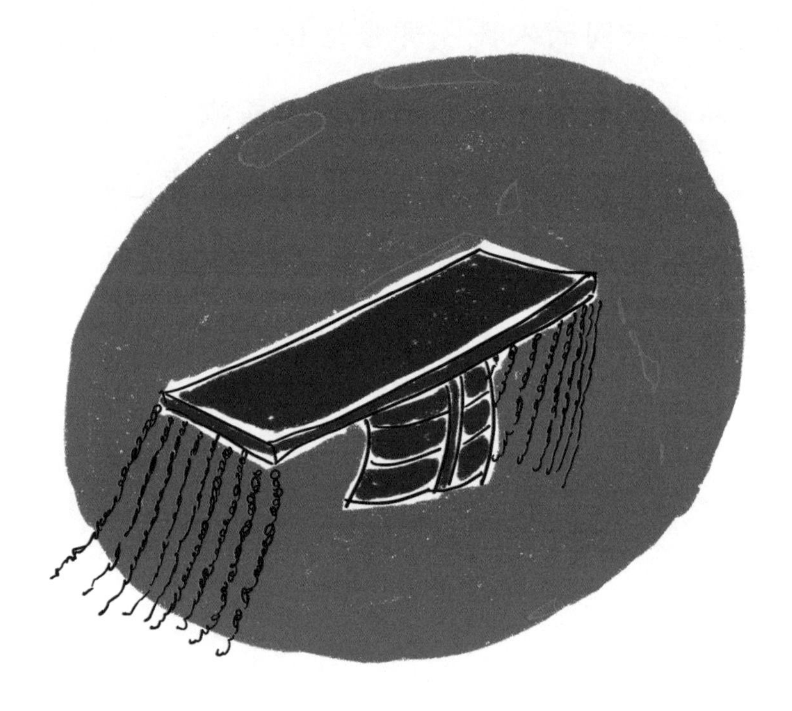

普通話朗讀

岳陽樓記

范仲淹

姓名　范仲淹

別稱　字希文，謚號文正

出生地　蘇州吳縣（今江蘇省蘇州市）

生卒年　公元 989—1052 年

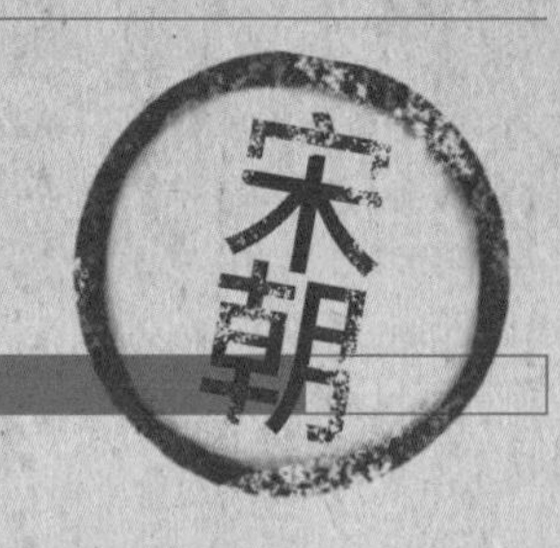

政務能力

修繕水利　實施新政

軍事實績

築城修寨　積極防禦

文學造詣

散文、詩歌、詞賦，均有卓越成就　《岳陽樓記》
《漁家傲·秋思》《蘇幕遮·懷舊》《御街行·秋日懷舊》

才藝指數

書法家，端勁秀麗，有「一代墨寶」美譽

生命指數

64 歲

寧鳴而死，不默而生

毫無疑問，范仲淹的時代是波瀾壯闊的。

他五十歲之前是剛直諫言的文官，五十歲以後是戍守西夏的邊將。

他是逆行者，胸懷天下。朝廷蓋新殿，他說不要大興土木，勞民傷財；朝廷擴編制，他說推行績效考核，精簡官吏；朝廷收公田，他說降低工資，會造成貪污。

在他身上，我們看到經世濟國不僅僅是理想，它還是升遷、被貶、再升遷、再被貶。范仲淹離京那天，沒有一個人敢來送別。梅堯臣勸他以後少管閒事，范仲淹說「寧鳴而死，不默而生」。我們常常忘了，言說是多麼珍貴的品格。

1046 年，看着滕子京送來的《洞庭晚秋圖》，五十八歲的范仲淹，寫下一篇《岳陽樓記》，驚豔了時光。

❶

zhé

慶曆四年春，滕子京謫守**巴陵郡**。越明

年，**政通人和**，百廢  **具**興  ，

乃重修岳陽樓，**增其舊制**，刻唐賢今人詩賦

zhǔ yú

於其上，**屬**予作文以記  之。

巴陵郡：即宋代的岳州。宋代有州無郡，這裏的巴陵郡只是沿用古代的郡名。

政通人和：政事通順，百姓和樂。政，政事。通，順利。和，和樂。　**具：**通「俱」，全部。

增其舊制：增，增加，這裏指擴大。舊制，原有的建築規模。

屬：囑託，這個意義後來寫作「囑」。

❶

慶曆四年的春天，滕子京被貶官而任岳州知州。到了第二年，政事順利，百姓和樂，很多長年荒廢的事業又重新興辦起來了。於是又重新修建了岳陽樓，擴大它舊有的規模，還在上面刻上唐代賢人和當代人的詩賦，滕子京囑咐我寫一篇文章來記述這件事。

日益精進

滕子京

北宋時期著名的政治家和文學家，范仲淹的朋友。兩人同於大中祥符八年（公元1015 年）中進士。滕子京在中國歷史上本無甚麼地位，亦無顯赫的名聲，多虧了范仲淹的一篇《岳陽樓記》才使他的名字得以流傳後世，而且還冠上一個「勤政為民」的美名。因為《岳陽樓記》一文中說他在貶官一級後，「不以己悲」，僅用一年左右的時間，便把偌大的一個岳州治理得「政通人和，百廢俱興」。

2 予觀夫(fú)巴陵勝狀，在洞庭一湖。銜(xián)遠山，吞長江，**浩浩湯湯(shāng shāng)**，橫無際涯，朝(zhāo)暉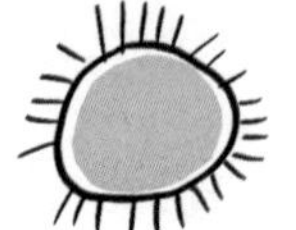夕陰，氣象萬千，此則岳陽樓之**大觀(guān)**也，**前人之述備矣**。**然則**北通巫峽，南**極**瀟湘，遷客騷人，多會於此，**覽物之情**，得無異乎？

浩浩湯湯：水勢浩大的樣子。　**大觀：**雄偉壯麗的景象。

前人之述備矣：前人的記述很詳盡了。　**然則：**如此……那麼。　**極：**至，到達。

覽物之情：觀賞自然景物之後觸發的感情。

2

我看那巴陵郡的美麗的景色，集中在洞庭湖上。洞庭湖連接着遠處的羣山，吞吐着長江的江水，水波浩蕩，寬闊無邊。早晚陰晴明暗多變，景象千變萬化。這就是岳陽樓的雄偉景象，前人對它的描述已經很詳盡了。然而，因為這裏往北通向巫峽，往南直到瀟水、湘水，被降職遠調的官吏和南來北往的詩人，大多在這裏聚會。他們因景色而觸發的感情，可以沒有不同嗎？

日益精進

遷客騷人

遷客，指被貶謫流遷的人。騷人，泛指文人。戰國時屈原作《離騷》，因此後人也稱詩人為騷人。《離騷》是中國古代最長的抒情詩，此詩以詩人自述身世、遭遇、心志為中心，並開創了中國文學史上的「騷體」詩歌形式，對後世產生了深遠的影響。

3 若夫(fú)**淫雨霏霏**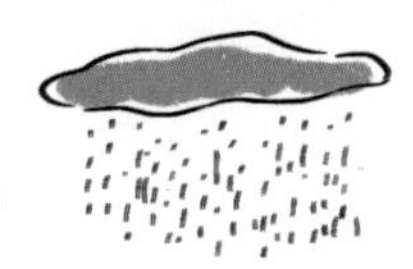，連月不**開**，陰風怒號(háo)，濁浪**排空**，日星隱**曜**(yào)，山嶽潛(qián)形，商旅不行，**檣傾楫(jí)摧**，薄暮**冥冥**，虎嘯猿啼。登斯樓也，則有去國懷鄉，**憂讒(chán)畏譏**，滿目蕭然，感極而悲者矣。

淫雨霏霏：連綿不斷的雨紛紛下個不停。霏霏，雨雪紛紛而下的樣子。

開：指天氣放晴　**排空：**沖向天空。　**曜：**光芒。　**檣傾楫摧：**桅杆倒下，船槳折斷。

冥冥：昏暗。　**憂讒畏譏：**擔心被說壞話，懼怕被批評指責。

3

至於連綿不斷的雨紛紛下個不停，有時連着整個月都沒有晴天，寒風怒吼，濁浪沖天，太陽和星星隱藏了光輝，山嶽隱沒了形體；商人和旅客無法通行，桅杆倒下，船槳折斷；傍晚天色昏暗，虎在長嘯，猿在哀啼。此時登上岳陽樓，(人)就會產生離開國都，懷念家鄉，擔心被別人說壞話，懼怕被批評指責，(因) 滿眼都是蕭條的景象而感慨到極點的悲傷心境了。

日益精進

岳陽樓

岳陽樓位於湖南省岳陽市古城西門城牆之上，下瞰洞庭，前望君山，自古有「洞庭天下水，岳陽天下樓」之美譽，與湖北武漢黃鶴樓、江西南昌滕王閣並稱為「江南三大名樓」。岳陽樓作為三大名樓中唯一保持原貌的古建築，其獨特的盔頂結構，體現出古代勞動人民的聰明智慧和能工巧匠的精巧設計和技能。

4

至若春和景明，波瀾不驚，上下天光，一碧萬頃(qǐng)，沙鷗**翔集**，錦鱗游泳，**岸芷汀(tīng)蘭**，鬱鬱青青。而**或**長煙一空，皓月千里，浮光躍金，靜影沉璧，漁歌互答，此樂何極！登斯樓也，則有心曠神怡，寵辱偕(xié)忘，把酒臨風，其喜**洋洋**者矣。

翔集：時而飛翔，時而停歇。

岸芷汀蘭：岸上與小洲上的花草。芷，香草的一種。汀，小洲。

或：有時。　**洋洋：**高興得意的樣子。

4

至於春風和煦，陽光明媚的日子，湖面就會風平浪靜，天色湖光相接，一片碧綠，廣闊無際；沙鷗時而飛翔，時而停歇，美麗的魚兒在湖中游來游去；湖岸上的小草，草木茂盛，沙洲上的蘭花，香氣濃鬱。而有時大片煙霧完全消散，皎潔的月光一瀉千里，在月光照耀下，水波閃耀着金光；無風時，靜靜的月影好似沉入水中的玉璧。漁夫的歌聲一唱一和，這樣的快樂哪有窮盡！此時，登上岳陽樓，就會有心胸開闊，精神愉悅，忘卻榮辱得失之感，舉起酒杯，面對和風，心中不禁喜氣洋洋。

日益精進

文言文中的地理名詞

水中小洲稱「汀」，水邊平地稱「渚」，兩山相夾之水稱「澗」，水邊稱「涯」，連綿不斷的山稱「巒」，山頂圓平的山叫「嶺」，高聳巍峨的山叫「峯」。

5

嗟(jiē)夫(fú)！予嘗求古仁人之心，或異二者之為，何哉？**不以物喜**，**不以己悲**，居**廟堂**之高則憂其民，**處江湖之遠**則憂其君。是進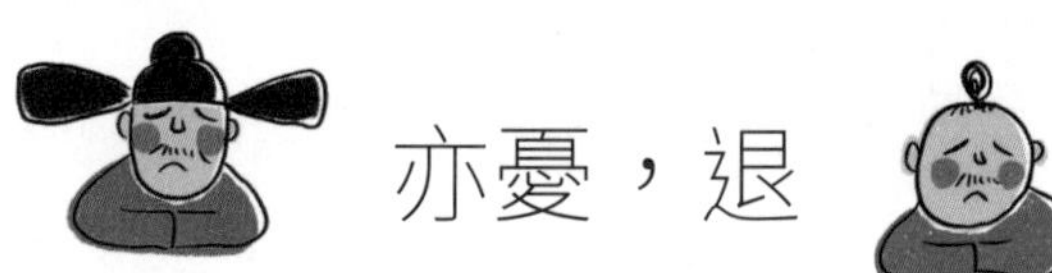亦憂，退亦憂。然則何時而樂耶(yé)？其必曰「先天下之憂而憂，後天下之樂而樂」乎！噫(yī)！微斯人，吾**誰與歸**？時六年九月十五日。

不以物喜，不以己悲：不因為外物（好壞）和自己（得失）而或喜或悲（此句為互文）。以，因為。　**廟堂：**指朝廷。下文的「進」，即指「居廟堂之高」。

處江湖之遠：處在僻遠的地方做官則為君主擔憂，意思是遠離朝廷做官。下文的「退」，即指「處江湖之遠」。　**誰與歸：**就是「與誰歸」。歸，效法，依歸。

5

唉！我曾經探求過古時品德高尚的人的思想，或許不同於以上兩種心情，這是為甚麼呢？他們不因為外物的好壞和個人的得失而或喜或悲，在朝廷做官的人為百姓擔憂，不在朝廷做官的人為君王擔憂。這樣在朝為官也擔憂，在野為民也擔憂。既然這樣，那麼甚麼時候才快樂呢？那一定要說「在天下人憂慮之前先憂慮，在天下人快樂之後再快樂」吧？唉！如果沒有這種人，我又能同誰一道呢？寫於慶曆六年九月十五日。

日益精進

廟堂

原指太廟的明堂，是古代帝王祭祀、議事的地方。也指朝廷，即人君接受朝見、議論政事的殿堂。《淮南子・主術訓》：「君人者，不下廟堂之上而知四海之外者，因物以識物，因人以知人也。」《晉書・宣帝紀》：「帝曰：『邊城受敵而安坐廟堂，疆場騷動，眾心疑惑，是社稷之大憂也。』」

普通話朗讀

赤壁賦

蘇軾

姓名　蘇軾

別稱　字子瞻，號東坡居士，
諡號「文忠」，世稱蘇東坡

出生地　眉州眉山（今四川省眉山市）

生卒年　公元 1037—1101 年

文學造詣

「唐宋八大家」之一　與黃庭堅並稱「蘇黃」
與辛棄疾並稱「蘇辛」　與歐陽修並稱「歐蘇」
散文著述宏富

才藝指數

書法家（「宋四家」之一）
畫家（擅長文人畫，尤擅墨竹、怪石、枯木等）

生命指數

65 歲

人生如逆旅，我亦是行人

元氣豐沛、豪放不羈的人，總是不易被世人理解。本以為像蘇東坡這樣的千年大文豪，值得周圍人虔誠地仰望。然而，事實相反，越是超越時代的人，往往越不能容於他所處的時代。

他文章聞名天下，仕途卻歷盡艱辛；他襟懷蒼生百姓，卻無奈行於險阻。他早已沒入歷史的塵埃，但他樂天至善，堅韌自洽的理想人格，至今仍熠熠生輝。

元豐二年，四十三歲的他歷劫「烏台詩案」，一番牢獄之災，九死一生，後被貶至黃州。他放情山水，留下大量名篇，《赤壁賦》就是他與友人遊覽赤壁時所寫。這裏有他的月、他的水，月灑清輝，水流不止，聽從時間的召喚，他與自我和解。不知是蘇軾成就了黃州，還是黃州成就了蘇軾，但確實在此地，他終將長江歸還給了自己。

❶ 壬戌(rén xū)之秋，七月**既望**，蘇子與客泛舟遊於赤壁之下。清風徐來，水波不興。舉酒**屬**(zhǔ)客，誦明月之詩，歌窈窕(yǎo tiǎo)之章。少焉(shǎo yān)，月出於東山之上，徘徊於斗牛之間。白露橫(héng)江，水光接天。**縱**一葦之所**如**，**凌**萬頃之茫然。浩浩乎如**馮**(píng)虛御風

，而不知其所止；飄飄乎如遺世獨立，**羽化**而登仙。

既望：過了望日之後的一天。古代大月望日是農曆十六日，小月望日是農曆十五日。

屬：勸酒。　**縱：**任憑。　**如：**往，去。　**凌：**越過。　**馮：**通「憑」，乘。

羽化：傳説成仙的人能飛升，像長了翅膀一樣。

❶

壬戌年的秋天，時值七月望日之後，我與友人在赤壁下泛舟遊玩。清風緩緩吹來，水面波瀾不興。（我）舉起酒杯向同伴勸酒，吟誦《明月》中「窈窕」這一章。不一會兒，明月從東山後升起，在斗宿與牛宿之間來回移動。白茫茫的水汽橫貫江面，水光連着天際。放任一片葦葉似的小船隨意漂浮，越過浩瀚無垠的茫茫江面。浩浩渺渺好像升空駕風一樣，並不知道到哪裏才會停栖，飄飄搖搖好像要離開塵世飄飛而起，羽化成仙進入仙境。

日益精進

「明月之詩」

《詩經・陳風・月出》有「舒窈糾兮」之句，故稱「明月之詩」「窈窕之章」。

「窈窕之章」

《詩經・陳風・月出》詩首章為：「月出皎兮，佼人僚兮，舒窈糾兮，勞心悄兮。」「窈糾」同「窈窕」。

❷ 於是飲酒樂甚，扣舷(xián)而歌之。歌曰：「桂**棹**(zhào)兮蘭槳，擊空明兮溯**流光**。渺渺兮予懷，望**美人**兮天一方。」客有吹洞簫者，倚歌而和(hè)之。其聲嗚嗚然，如怨如慕，如泣如訴，餘音嫋嫋，不絕如縷。舞**幽壑**(hè)之潛蛟，泣孤舟之**嫠**(lí)**婦**。

棹：一種划船工具，形似槳。　**流光：**江面浮動的月光。

美人：指他所思慕的人，古人常用來作為聖主賢臣或美好理想的象徵。

幽壑：這裏指深谷。　**嫠婦：**寡婦。

②

（我們）在這時喝酒喝得非常高興，敲着船邊唱起歌來。歌中唱到：「桂木船棹啊香蘭船槳，擊打着月光下的清波，在泛着月光的水面逆流而上。我的情思啊悠遠茫茫，眺望美人啊，卻在天的另一方。」有會吹洞簫的客人，配着節奏為歌聲伴和，洞簫的聲音嗚嗚咽咽：有如哀怨有如思慕，既像啜泣也像傾訴，尾聲細弱而悠長，像細絲一樣連續不斷。（歌聲）能使深谷中的蛟龍為之起舞，能使孤舟上的寡婦為之飲泣。

日益精進

「泣孤舟之嫠婦」

這裏化用了白居易《琵琶行》中寫孤居的商人妻：「去來江口守空船，繞艙明月江水寒。夜深忽夢少年事，夢啼妝泪紅闌干。」

③ 蘇子**愀**(qiǎo)**然**，正襟危坐而問客曰：「**何為其然也？**」客曰：「『**月明****星稀**，**烏鵲****南飛**』，此非曹孟德之詩乎？西望夏口，東望武昌，山川相**繆**，鬱乎蒼蒼，此非孟德之困於周郎者乎？方其破荊州，下江陵，順流而東也，**舳**(zhú)**艫**(lú)千里，旌旗(jīng qí)蔽空，**釃**(shī)**酒**臨江，**橫槊**(shuò)賦詩，固一世之雄也，而今安在哉？

愀然：容色改變的樣子。　**何為其然也：**（曲調）為甚麼會這麼（悲涼）呢？
月明星稀，烏鵲南飛：所引是曹操《短歌行》中的詩句。　**繆：**通「繚」，盤繞。
舳艫：船頭和船尾的並稱，泛指首尾相接的船隻。　**釃酒：**斟酒。　**橫槊：**橫執長矛。

3

我（感到）不愉快，整理衣襟端坐着，向客人問道：「簫聲為甚麼這樣哀怨呢？」客人回答：「『月明星稀，烏鵲南飛』，這不是曹公孟德的詩嗎？這裏向西可以望到夏口，向東可以望到武昌，山河接壤連綿不絕，目力所及，一片鬱鬱蒼蒼。這不正是曹孟德被周瑜所圍困的地方嗎？那時他攻陷荊州，奪得江陵，沿長江順流東下，麾下的戰船首尾相連延綿千里，旗幟將天空全都遮蔽住，面對大江斟酒，橫執長矛作詩，本來是當時的一位英雄人物，然而現在又在哪裏呢？

日益精進

「孟德之困於周郎」

指漢獻帝建安十三年（公元 208 年），吳將周瑜在赤壁之戰中擊潰曹操號稱的八十萬大軍。周郎，指周瑜二十四歲為中郎將，吳中皆呼為周郎。

曹操為甚麼「破荊州，下江陵」？

曹操南征之前，已經平定北方，荊州位於交通要道，面積大而經濟富庶，是曹操進攻南方的跳板。江陵又是荊州囤積物資的基地，所以曹操取荊州時除了直撲政治中心襄陽外，還要搶在劉備之前佔領江陵。

況吾與子漁樵於江渚之上，**侶魚蝦**  **而**

mí　　　　　　　　piān　　　páo　　xiāng

友麋鹿  ，駕一葉之扁舟，舉**匏樽**以相

zhǔ　　　fú yóu

屬。寄**蜉蝣**於天地，渺滄海之一粟。哀吾

　　　　yú

生之**須臾**，羨長江之無窮。挾飛仙以遨遊，

抱明月而長終。知不可乎驟得，託遺響於悲

風。」

侶魚蝦而友麋鹿：把魚蝦、麋鹿當作好友。侶與友，這裏都用作動詞。

匏樽：用葫蘆做成的酒器。匏，葫蘆。

蜉蝣：一種昆蟲，夏秋之交生於水邊，生命短暫，僅數小時。這裏比喻人生短暫。

須臾：片刻，時間極短。

何況我與你在江中和水邊打漁砍柴，以魚蝦為侶，以麋鹿為友，在江上駕着這一葉小舟，舉起杯盞相互敬酒，如同蜉蝣置身於廣闊的天地中，像滄海中的一粒粟米那樣渺小。唉，哀歎我們的一生只是短暫的片刻，不由得羨慕起長江的無窮無盡。（我）想要偕同仙人遨遊各地，與明月相擁而永存世間。（我）知道這些終究不能實現，只得將憾恨化為簫音，寄託在悲涼的秋風中罷了。」

日益精進

《國風・曹風・蜉蝣》

中國古代第一部詩歌總集《詩經》中的一首詩，借由蜉蝣這種朝生暮死的小蟲，寫出了脆弱的人生在消亡前的短暫美麗，以及對於終須面臨的消亡的困惑，自我歎息生命短暫、光陰易逝。

4

蘇子曰：「客亦知夫水與月乎？**逝者如斯**，而未嘗往也；**盈虛者如彼**，而卒莫消長也。蓋將自其變者而觀之，則天地曾不能以**一瞬**；自其不變者而觀之，則物與我皆無盡也，而又何羨乎！

逝者如斯：流去的（水）像這樣（不斷地流去）。逝，往。斯，此，這裏指水。

盈虛者如彼：時圓時缺的（月亮）像那樣（不斷地圓缺）。　**一瞬：**一眨眼的工夫。

4

我問道：「你可也知道這水與月？流去的（水）像這樣（不斷地流去），（但從整個大江來看）則並沒有流去；時圓時缺的（月亮）像那樣（不斷地圓缺），（但從月亮本身來看）卻始終沒有增減。可見，從事物易變的一面看來，天地間萬事萬物時刻都在變動，連一眨眼的工夫都不曾停止；而從事物不變的一面看來，萬物對於我們來說，都是永恆的，又有甚麼可羨慕的呢？

日益精進

「逝者如斯夫，不舍晝夜」

傳說孔子聽聞呂梁洪（今徐州呂梁山）地勢險要，帶得意弟子數人，前去觀洪，孔子師徒看到山下奔流的泗水（今故黃河），有感而發，慨歎「逝者如斯夫，不舍晝夜」。形容時間像流水一樣不停地流逝，一去不復返，感慨人生世事變化之快，亦有惜時之意在其中。

且夫天地之間，物各有主，苟非吾之所有，雖一毫而莫取。惟江上之清風，與山間之明月，耳得之而為聲，目遇之而成色，取之無禁，用之不竭。是**造物者**之**無盡藏**(zàng)也，而吾與子之所共**適**。」

5 客喜而笑，洗盞**更**(gēng)**酌**。**肴**(yáo)**核**既盡，杯盤狼籍。相與**枕藉**(zhěn jiè)乎舟中，不知東方之**既白**。

造物者：天地自然。　**無盡藏**：佛家語，指無窮無盡的寶藏。　**適**：享有。
更酌：交替勸飲。　**肴核**：葷菜和果品。　**枕藉**：相互枕着墊着。
既白：已經亮了。白，明亮。

何況天地之間，萬物各有主宰者，若不屬於你的，即使一分一毫也不能求取。只有江上的清風、山間的明月，聽到便成了聲音，進入眼簾便繪出形色，取得這些不會有人禁止，感受這些也不會有竭盡的憂慮。這是大自然恩賜的無盡寶藏，我和你可以共同享受。」

5

客人高興地笑了，（於是大家繼續）飲酒、交替斟酒勸飲。菜肴果品都已吃完，杯子盤子雜亂一片。大家互相枕着墊着睡在船上，不知不覺，東方已經亮了。

日益精進

赤壁

赤壁之戰的古戰場，位於今湖北省赤壁市西北部。赤壁之戰，曹操自負輕敵，指揮失誤，加之水軍不強，終致戰敗。孫權、劉備在強敵面前，冷靜分析形勢，結盟抗戰，揚水戰之長，巧用火攻，創造了中國軍事史上以弱勝強的著名戰例。

普通話朗讀

送東陽馬生序（節選）

宋濂

姓名　宋濂

別稱　字景濂，號潛溪，
別號龍門子、玄真遁叟

出生地　祖籍金華潛溪（今浙江省義烏市），後遷居金華浦江（今浙江省浦江縣）

生卒年　公元1310—1381年

文學造詣

與高啟、劉基並稱為「明初詩文三大家」
與劉基一樣以散文創作聞名，並稱為「一代之宗」
為「台閣體」提供範本

史學貢獻

創造了「以今為鑑」的勸諫方法
主持編纂《元史》二百一十卷　王禕將其與司馬遷相比

生命指數

72歲

寒門逆襲，成功絕非偶然

《孟子》云：「故天將降大任於是人也，必先苦其心志，勞其筋骨，餓其體膚……」自古以來，成就大事前必歷經坎坷。明朝開國文臣之首宋濂，亦是如此。他家中清貧、體弱多病，但勤勉好學，終成人才。

元末戰火紛飛，他難以獨善其身，曾逃到山裏做了道士。儘管如此，他仍未放棄讀書。朱元璋稱帝，宋濂被封為翰林院學士，至此，他的半生所學才在百廢待興之時派上用場：制定國子監教育制度，主持皇家圖書館大本堂，選拔人才，為眾多寒門子弟創造機會。明朝的文化由他開始，從慘淡走向了繁榮。

他的逆襲，靠的不是大力出奇跡，而是曠日持久的努力。宋濂用努力贏得了「明朝文化奠基者」的美譽，也贏得了尊嚴。

❶ 余幼時即嗜(shì)學。家貧，無從**致書**以觀，每假借於藏書之家，手自筆錄，計日以還。天大寒，硯

堅，手指不可屈伸，弗之怠(dài)。錄畢，走送之，不敢稍逾約。以是人多以書假余，余因得遍觀羣書。既**加冠(guān)**，益慕聖賢之道。又患無**碩師**名人與遊，嘗趨(qū)百里外，從鄉之先達執經叩問。

致書：得到書。　**加冠：**古代男子二十歲舉行加冠禮，表示已經成人。後人常用「冠」或「加冠」表示年已二十。　**碩師：**學問淵博的老師。

❶

我年幼時就愛好讀書。家裏窮，沒有甚麼門徑得到書來看，常常向藏書的人家請求借閱，親手用筆抄錄，計算日期送還。（即使）冬天非常冷，硯台裏的冰（很）堅硬，手指凍得不能彎曲和伸直，對此也不懈怠。抄寫完畢後，（我）疾行把書送回去，不敢超過約定的期限。因此有很多人都願意把書借給我，於是我能夠遍觀羣書。成年以後，（我）更加仰慕古代聖賢的學説，又苦於不能與學識淵博的老師和名人交往，曾經趕到數百里以外，拿着經書向鄉裏有道德學問的前輩請教。

日益精進

弱冠

古時漢族男子二十歲稱「弱冠」。古代不論男女都要蓄留長髮的，等他們長到一定的年齡，要為他們舉行一次「成人禮」的儀式。男行冠禮，就是把頭髮盤成髮髻，謂之「結髮」，然後再戴上代表已成人的帽子，以示成年，但體猶未壯，還比較年少，故稱「弱冠」。

先達德**隆**望尊，門人弟子填其室，未嘗稍降辭色。余立侍左右，援疑質理，俯身傾耳以請；或遇其叱咄(chì duō)，色愈恭，禮愈至，不敢出一言以覆；**俟**(sì)其欣悅，則又請焉。故余雖愚，卒獲有所聞。

隆：高。　**俟：**等待。

前輩德高望重，門人弟子擠滿了他的屋子，（他的）言辭和態度從未稍有溫和。我站着陪侍在他左右，提出疑難，詢問道理，俯下身子側耳請教；有時遇到他大聲斥責，（我）表情更加恭順，禮節更加周到，不敢説一句話來回應；等到他高興了，則又去請教。所以我雖然愚笨，但最終獲得不少教益。

日益精進

朱元璋評價宋濂

宋景濂事朕十九年，未嘗有一言之僞，誚一人之短，始終無二，非止君子，抑可謂賢矣。（宋濂在我身邊做事十九年，從沒有一句假話，從沒譏諷過一個人的缺點，始終如一，他不僅僅是一個君子，也可以稱得上是一名賢者了。）

2 當余之從師也，**負篋(qiè)曳(yè)屣(xǐ)**  行深山巨谷中。窮冬烈風，大雪深數尺，足膚皸(jūn)裂而不知。至舍，四**支** 

(yìng) 勁不能動，**媵(yìng)人持湯沃灌**  ，以衾(qīn)擁覆，久而乃和。**寓**逆旅，主人日再食(sì)，無鮮肥滋味之享。

負篋曳屣：揹着書箱，拖着鞋子（表示鞋破）。　**支：**通「肢」，肢體。
媵人：這裏指旅舍中的僕役。　**持湯沃灌：**拿了熱水來洗濯。沃，澆。灌，通「盥」。
寓：寄居。

2

當我外出求師的時候，揹着書箱，拖着鞋子，行走在深山峽谷之中。隆冬時節，颳着猛烈的寒風，雪有好幾尺深，腳上的皮膚受凍裂開（我）都不知道。回到客舍，四肢僵硬動彈不得。僕役拿着熱水為我洗濯，用被子裹着我，（我）很久才暖和起來。寄居在旅店裏，旅店老闆每天供應兩頓飯，沒有新鮮肥嫩的美味享受。

日益精進

屣

指鞋子，古代對鞋子稱呼的一種。古曰屨（jù），漢以後曰履，今曰鞋。用草編製的稱草屨，草鞋又稱躧（xǐ），又寫作蹝、屣。草鞋為賤物，所以古人常以脱屣、棄屣比喻事情之容易或對人事看得很輕。用作動詞時，形容拖着鞋走路。

同舍生皆被綺(qǐ)繡，戴朱纓寶飾之帽，腰白玉之環，左佩刀，右備**容臭**(xiù)  ，燁(yè)然若神人；余則**縕**袍敝衣  處其間，略無慕豔意，以中有足樂者，不知口體之奉不若人也。蓋余之勤且艱若此。

容臭：香袋。臭，氣味，這裏指香氣。　**縕：**亂麻。

同學舍的人都穿着華麗的衣服，戴着用紅色帽帶和珠寶裝飾的帽子，腰間掛着白玉環，左邊佩帶寶刀，右邊掛着香囊，光彩鮮明，像神仙一樣；我卻穿着破舊的衣服處於他們之間，但我毫無羨慕之心。因為心中有足以（讓我）快樂的事情，所以不覺得吃的、穿的不如別人。我求學的辛勤和艱苦就像這個樣子。

普通話朗讀

湖心亭看雪

張岱

姓名　張岱

別稱　號陶庵，別號蝶庵居士

出生地　浙江山陰（今浙江省紹興市）

生卒年　公元 1597—1689 年

哲學思想

理性批判程朱理學與八股科舉制　辯證法思想
哲學思想的美學化傾向

文學造詣

以小品文見長　以「小品聖手」名世　晚明「絕代散文家」
著有《陶庵夢憶》《西湖夢尋》《夜航船》《琅嬛文集》

史學貢獻

文人修史「事必求真」「寧闕勿書」
著有《古今義烈傳》等

生命指數

93 歲

讀過張岱，靈魂才有趣

明末文學家張岱，生於顯宦之家，幼年讀書萬卷，被譽為「神童」。年少時他放浪形骸，極愛繁華，好精舍、好鮮衣、好美食、好駿馬、好華燈、好花鳥，半世勞碌，幻夢一生。

他筆耕不輟，著作等身，除被世人讚歎的《湖心亭看雪》，還著有《陶庵夢憶》《西湖夢尋》《琅嬛文集》及史學名著《石匱書》，尤其是被後世推崇的《夜航船》，更是閃爍着他智慧的光輝，全書涵蓋四千多個此生都不可錯過的文化常識，包羅萬象，詩意盎然。

以當下的眼光看，張岱可以說是位時尚先生，沒有人比他更精於守護萬物獨特的氣息氛圍了。事實上，他自己就是湖心亭中那一片剔透的白雪，灑脫、高遠、豐神綽約、趣味無窮。

❶ 崇禎五年十二月，余住西湖。大雪三日，湖中人鳥聲俱絕。是日**更定**(gēng)矣，余**拏**(ná)一小舟，擁**毳衣**(cuì)爐火，獨往湖心亭看雪。**霧凇沆碭**(hàngdàng)，天與雲與山與水，**上下一白**，湖上影子，惟長堤一痕、湖心亭一點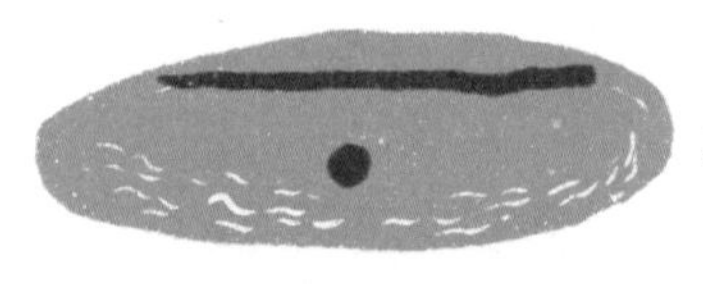，與余舟**一芥**、舟中人兩三粒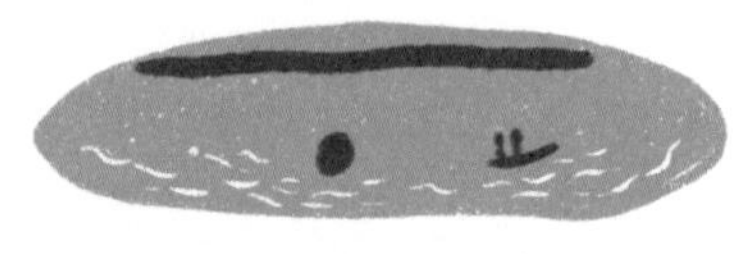而已。

更定：指初更以後。晚上八點左右。 **拏：**撐船。 **毳衣：**細毛皮衣。
霧凇沆碭：冰花周圍瀰漫着白汽。沆碭，白汽瀰漫的樣子。
上下一白：上上下下全白。一，全或都，一概。 **芥：**小草，比喻輕微纖細的事物。

❶

崇禎五年十二月，我住在西湖。大雪接連下了多日，湖中人和鳥的聲音都沒了。這天初更時分，我撐着一葉小舟，穿着細毛皮衣，帶着火爐，獨自前往湖心亭看雪。湖面上，冰花周圍瀰漫着白汽，天和雲和山和水，渾然一體，一片白茫茫。湖上的影子，只有長堤的痕跡一道，湖心亭（的輪廓）一點，我的小舟一葉，舟中的兩三個穀粒大小的人罷了。

日益精進

「霧凇」

形容湖上雪光水汽，渾蒙不分。曾鞏《冬夜即事詩》自注：「齊寒甚，夜氣如霧，凝於水上，旦視如雪，日出飄滿階庭，齊人謂之霧凇。」

② 到亭上，有兩人鋪氈對坐，一童子燒酒爐正沸。見余大喜曰：「湖中**焉得更有此人**！」**拉**余同飲。余強(qiǎng)飲三**大白**而別。問其姓氏，是金陵人，**客此**。及下船，**舟子**喃喃曰：「莫說相公痴，更有**痴似**相公者。」

焉得更有此人：哪能還有這樣的人呢！焉得，哪能。　**拉：**邀請。　**大白：**大酒杯。
客此：客，旅居他鄉作客，指在此地客居。　**舟子：**船伕。
痴似：痴於，痴過。痴，本文為痴迷，表現了人物鍾情山水、淡泊孤寂的心境。

2

到了湖心亭上，我看見有兩人鋪好氈子，相對而坐，一個童子正把酒爐裏的酒燒得滾沸。他們看見我，非常高興地說：「想不到在湖中還會有您這樣有閒情逸致的人！」於是他們邀請我一同飲酒。我高興地喝了三大杯酒，然後和他們道別。問起他們的姓氏，才得知他們是金陵人，在此地客居。等到下船時，船伕小聲地說：「不要說只有相公您一個人痴迷（山水），還有痴迷（山水）超過您的人！」

日益精進

相公

原是對宰相的尊稱，後轉為對年輕人的敬稱及對士人的尊稱。

普通話朗讀